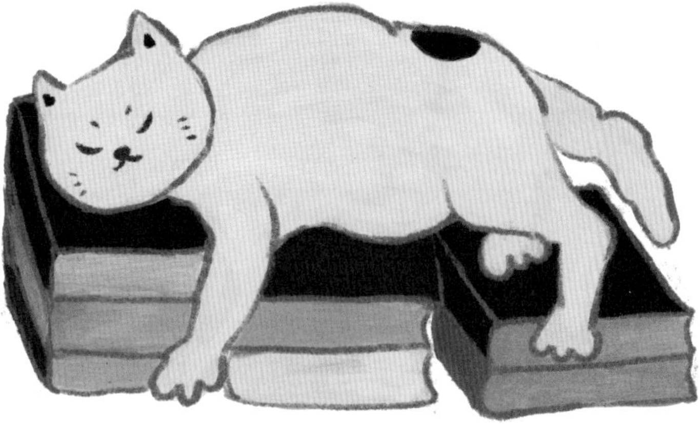

貓小說集

——日本文豪筆下的浮世貓態

夏目漱石、谷崎潤一郎、宮澤賢治、
梶井基次郎、太宰治、小泉八雲等 著

王華懋 譯

編輯室報告

貓不僅擄獲了現代人的心，連文學史上眾多文豪都深深為其著迷，並萌生創作靈感。

本書精選十五位日本近代文豪筆下關於貓的短篇小說及散文隨筆。並將其分為輯一「貓族之愛」和輯二「貓的幻想」。

其中包括文學家描寫對逝去家貓的愛情隨筆；駭人的怪談及把貓擬人化的童話故事；也有改編自心理學實際案例的幻想小說；亦收錄有寫實主義興起年代，頗具普羅文藝色彩的傑出短篇作。

不過若干文中的描寫，或許會使部分愛貓人士讀後過度悲傷或感到不適，此時建議逕自跳至下一篇章閱讀，各篇內容獨立，並無接續問題。此外，文中對於貓的習性為作者主觀看法，部分描述如今看來並不正確，讀者無須盡數參考。

無論如何，書中的每一篇文章對貓的描寫皆躍然紙上，不管讀者養貓與否，都能從字裡行間深刻感受到文豪對貓的真情。

目次

Contents

輯一　貓族之愛

輯二　貓的幻想

輯一
貓族之愛

庫爾啊，你呀

內田百閒

一

據說蘇聯的太空船東方三號和四號飛出外太空，正不停地繞著地球轉，但這事一點都不重要。我家的貓庫爾不久前便生了重病，家裡的三個人，我、內子和女傭全數動員，日夜不休地看顧著牠。

東方號升空是八月十二日和十三日的事，但除了這則新聞之外，十八日到十九日還有十二號颱風接近，庭院樹枝嘈雜作響，驟雨一陣又一陣灑過擺動的樹梢。

和室裡可以看見玻璃門外被雨打濕的庭院，室內內子的被褥已經連鋪了好幾天都沒收，躺在上面的庫爾似乎一天比一天衰弱。牠臥床不起，好像連起身的力氣都沒了。

我陪在牠身邊，因為實在太心疼了，一次又一次撫摸牠的頭和背。摸起來日漸瘦骨嶙峋，毛皮也鬆垮下來，皺紋變深了。

但只要治療奏效，接下來就可以慢慢養病，恢復精神。我守在貓的病榻旁，一心一意祈求老天爺，希望快點等到病癒的轉機。

庫爾來到家裡，已有五年三個月的時間，這段期間，沒有一天不讓我們操心。牠個性強悍，動不動就打架，因此一年到頭總是帶傷回家。庫爾的小藥箱裡無時無刻備有藥物，像是兩、三種傷口消毒藥、預防化膿的抗生素，以及另外請庫爾的主治醫生開的內服藥。

教人擔心的多半都是外傷，這次的病或許也是外傷引起，總之，從連日燠熱難耐的土用[1]後半，庫爾便顯得有些無精打采。

進入八月的某天早晨，內子一如往常，抱著想要外出的庫爾，從玄關前的庭院走向大門。但還沒到大門，庫爾就掙扎著要下來，內子便放開牠，但往前走去的庫爾，步履卻顯得有些蹣跚。

這麼沒精神，但要是出去外頭，肯定又會打架。萬一打架，這副模樣肯定沒辦法爬上屋簷或圍牆避難，因此內子把才剛放下的庫爾又抱了起來，就這樣帶回家了。

從此以後，庫爾再也沒有踏出家門。

如果那時候就這樣讓庫爾出去，或許牠再也沒辦法回家了。要是躲在哪戶人家的架高地板下，或是空地的草叢裡，病成這樣，我們一定也救不了牠。幸好那時候馬上就把你帶回家了，真是幸好——內子不停地這麼說，摩

1 土用指陰曆中立春、立夏、立秋、立冬前十八日的期間。一般多半指立秋前盛夏時期。

挲著躺著的庫爾。

二

每天晚上，庫爾都在內子的床上，睡在她的懷裡。牠睡覺的時候好像喜歡靠枕頭，所以內子縫了個小巧的貓枕給牠，庫爾都靠在這個枕頭上睡覺，但這陣子牠又棄那枕頭不顧，就愛枕在內子的臂膀裡入睡。

後來回想，似乎是愈來愈黏人了。

要是就這樣乖乖一覺到天亮也就罷了，但庫爾自己睡飽了醒來，應該是覺得一個人醒著很寂寞，不管是三更半夜還是黎明前，就是要千方百計吵醒還在睡夢中的內子才甘心。牠會把臉貼在人的臉上喵喵叫，或用濕涼的鼻子蹭臉頰，如果這樣人還不醒，就爬上紙門框，撕破紙門，或是把抽屜櫃上德國買的史泰福[2]小鹿布偶撥下來，竭盡所能地搗亂。不管內子如何責罵，都毫無效果。貓是因為不想自己一個人醒著，看不順眼人還在睡，目的只在於吵醒內子，所以只要內子認輸起身，牠就安靜下來了。看到人起來，滿意了，牠便會繞到床尾，愜意地擺出休息的姿勢，再次香甜入睡。

任性妄為，我行我素，教人沒輒。

但又會天真無邪地跟前跟後，那模樣著實惹人疼愛。

結果內人因此嚴重睡眠不足，沒幾天就嚷著頭昏腦漲，不是得午睡補眠，就是得服藥。

然後一到早上，庫爾就吵著要出門。

雖然不知道牠要去哪裡、有什麼事，但簡直就像例行上班似地，每天都要出門去。

2 瑪格麗特．史泰福（Margarete Steiff，一八四七—一九〇九），德國裁縫師，布偶品牌創業者，也是泰迪熊的創始人。

但如果外頭下雨，就不會放牠出去。

你又不會撐傘，也不會穿雨鞋，不可以出去——就算內子這麼告誡，牠也不懂。把牠抱起來，讓牠看看玻璃門外的雨，牠也不接受，依然吵著要出去。

內子抱著庫爾，從廚房便門踏出去一步，讓貓額頭滴上兩、三滴雨水，告訴牠：「看，雨下得這麼大。」這麼一來，庫爾似乎就會死了心，不再吵鬧。

出門的日子，有時早上出去，午前就回來，有時到傍晚天色都暗了還沒有回來，甚至大家都在等牠，結果終究還是沒有回來，離家一整晚。這種時候，隔天內子便會挨家挨戶拜訪可能知道庫爾下落的鄰近人家，四處找貓。這是之前養諾拉[3]的時候就有的習慣，鄰居也都會熱心回答：「沒看到呢」、「昨天還在我家院子」、「後面跟著兩隻貓，往那邊去了」。

庫爾也曾經不只一晚，而是連續兩晚都沒有回家，讓家人擔心得不得了。

或是牠出門後天氣驟變，下起雨來，卻又不知道該去哪裡接牠，正一顆心七上八下，結果牠淋得像隻落湯雞似地回來。

近來牠出門回家的作息變得固定，不太惹人擔心了。

庫爾一回來，首先會聽見牠脖子上的鈴鐺聲。聲音很細微，但家裡一定會有人聽到。那是去年找諾拉的時候人家送我的小銀鈴，說是南洋某個小島出產的，聲音傳得非常遠。

庫爾就伴著那銀鈴聲，喵喵叫著回家來。好像一進家裡的庭院就會開始叫，叫得愈來愈緊，似有意味地喊著人，聽起來就像在說：「我回來了」，也像是：「我這不就回來了嗎？怎麼沒人出來迎接？」

雖然不知道牠去哪了，但想想牠願意像這樣回家來，實在心意可感。

3 諾拉（ノラ，nora）是作者前一隻養的貓，名字在日語中為「野貓」（野良）之意，後來失蹤，作者傷心欲絕之際，出現了與諾拉肖似的庫爾，便養了起來。

　　庫爾一定是把我家當成了自己家。牠看似絲毫沒有自己是被人豢養的自卑感，我行我素、橫行霸道、為所欲為，想要什麼就不客氣地討。而牠雖然不會說話，但我們都能理解，貓想要的人都懂，自然凡事都順著庫爾的意。貓與人不僅僅是平等，搞不好甚至還要高人一等。

　　有一次庫爾像這樣伴著鈴聲，喵喵叫著回家來，卻沒有立刻進屋，不停地在外頭叫，因此家裡人過去一看，發現庫爾站在廚房前的倉庫屋頂上，似乎正準備從那裡跳進廚房的架子上。

　　庫爾想要跳過去的地方，中間隔著玻璃門，牠就是在屋頂上吵著要人開門。但廚房架子上擺滿了各式物品，要是牠跳到上頭就糟糕了。然而庫爾一副隨時要跳的姿勢，扭著腰，蓄勢待發。如果玻璃門關著，牠卻跳上去，肯定會因為爪子無處攀抓而滑落。底下是無蓋的裝水四斗[4]酒桶，萬一掉進水桶裡，肯定又要鬧得雞飛狗跳。為了快點把庫爾抱回來，女傭出去拿了梯子架在倉庫屋頂邊，伸手想要把牠撈下來。

結果庫爾溜出女傭的手，繞到屋頂後面，跑到和鄰家之間的圍牆上了。

女傭無可奈何，爬下梯子，結果庫爾又跑回原位，擺出相同的姿勢，作勢要跳。

女傭再試了一次，但庫爾就是不讓抱。最後是人敗下陣來，為了讓庫爾安全落地，將架子上的東西收拾乾淨，趕忙打開玻璃門，結果庫爾翩然躍過空中，在架子上著地了。

這下牠似乎滿意了。跳下架子，向人撒嬌後，津津有味地吃了牠的鰈魚飯。

在外頭打架，帶傷回家時，庫爾也不會立刻踏進家門。牠會喵喵叫著，在外頭裹足不前。

這是因為牠出於長久以來的經驗，知道這種時候一定會被抓住，用消毒

4 約十四公升。

液沖洗疼痛的地方，然後治療。所以牠帶傷回來的時候，一想到進門就有治療酷刑伺候，便不由得腳步沉重吧。

而牠提前上午就回家的時候，晚起的我大抵都還在睡。

白天庫爾習慣睡在我的床上。

牠回家飽餐一頓後，舔遍全身，理毛完畢，就會到我這兒來。

牠會把鼻子湊近我的臉，大聲喵喵叫，或是鑽進我的蓋被裡。

然後很快就睡著了。

睡過一覺後，接著牠會繞到我的腳邊，爬上為牠擺在那裡的座墊，正式放鬆下來，再睡一覺。庫爾專用的座墊總是放在我的床尾處，絕對不會挪開，因此牠很清楚只要過來這裡，隨時都有牠的床吧。出去外頭巡視結束回來，吃過最愛的鰈魚飯，舔乾淨身體，整個放鬆後，便爬上專屬的座墊舒服地睡上一覺。一旦睡著，一點小事是吵不醒牠的。我睡到日上三竿醒來時，庫爾多半都已經睡得不省人事了。貓雖然不會睡到鼻子冒鼻涕泡[5]，但旁邊有人起身走動，似乎半點也驚動不了牠。而且睡著的庫爾毫不設防，看似完全卸下了防備敵人的戒心。

我起身下床的時候，一定會跟庫爾說說話。我會把臉貼在沉睡的庫爾額頭上，摟著牠的身體向牠攀談。庫爾散發出庫爾的香味。

「庫爾啊，你呀。」

庫爾的喉嚨傳來「嗯、嗯」般的應聲。雖然在睡，但還是想回應我吧。

「庫爾啊，你呀，在這裡睡覺覺呀。」

「嗯、嗯。」庫爾喃喃著，伸出小巧的手，前端的趾頭整個張開來。

「庫爾啊，你好聰明呀，聰明的小貓在這裡睡覺覺呀。庫爾啊，你呀。」

然後庫爾會用雙手抱住自己的下巴，蜷成了一團，宛如海螺，並發出沉睡的鼻息。我在逗弄牠的時候，牠一次也沒有睜開眼睛。

5 日文中，會以冒「鼻涕泡」（洟提灯）來形容人睡死的模樣。不過其實貓也會有冒鼻涕泡的現象。

有時庫爾就這樣一路睡到傍晚，或是不知不覺間醒來，跟著家人在屋子裡走來走去。

我起身到走廊，隔著玻璃門看庭院，庫爾便會走到旁邊，用身體輕輕地蹭我的腳，或是爬上雙腿之間坐下來，和我一樣全神貫注地看庭院。但牠到底是在看什麼呢？我雖然坐在那裡看庭院，其實只是對著那裡出神罷了，並非真的在看什麼。庫爾是以為我在看什麼，所以跟著一起看嗎？或是有什麼牠感興趣、覺得好奇的東西，所以才在看？我不知道，雖然不知道，但庫爾願意像這樣陪伴我看，窩心極了。

即使白天睡個不停，傍晚時分，賣魚大哥出現在廚房便門時，庫爾就會立刻醒來，起身走到與廚房交界處的紙門，不住地抓門。

看，牠醒了，牠怎麼會知道呢？人們如此詫異交談時，庫爾仍不停地抓門，就像在催促快點開門。

門一打開，牠便跑進廚房，然後似乎就滿意了。好像也不是每次都能在這裡討到什麼吃，但牠很喜歡總是送來自己愛吃的魚的大哥，所以想要露個臉，做個貓式寒暄吧。

然後庫爾會再次返回自己的窩，在仍帶著餘溫的座墊上睡回籠覺。就像日文中貓也叫做「寢子」，牠真的很會睡。

我總是很晚才用晚飯。每當我坐在膳台前準備小酌時，庫爾都能一清二楚地掌握這時間，即使原本在睡，也一定會爬起來，一分不晚地來到膳台旁。

來是來了，卻也不會賴在我旁邊，而是貼在我直角處面對膳台而坐的內子膝旁，盯著我的手看，就這樣安安靜靜地等待。牠看著不停地將小酒盞送至口邊的我，不知道是覺得羨慕，還是迫不及待，不過看牠不時調整坐姿的模樣，應該是等不及了吧。

我每晚都會喝酒，所以膳台上一定都有下酒的生魚片。這是很久以前就有的習慣了，但是不知不覺間開始有庫爾作陪後，我都會分一些到庫爾的小碟子裡，和牠分享一人份的生魚片。有時庫爾回來得晚，趕不上我吃飯，或是像今年春天那樣，住院好幾天的時候，我一個人對著生魚片，總覺得少了什麼，寂寞極了。

生魚片我都吃白身魚，所以庫爾也都吃白身魚片。庫爾的主治醫生叮嚀說，竹筴魚和鯖魚太油，對貓不好，我們聽從醫囑，平常都給牠吃鰈魚。白身魚的生魚片大多是比目魚，有時候是鯛魚。庫爾晚上吃的是比目魚，也沒什麼好挑剔的了吧。

終於到了要分生魚片給庫爾的階段。

「庫爾啊，你有乖乖等嗎？來，這就給你喔。」

貓聽得懂人話嗎？答案不言可喻，當然懂。這並不是說貓能理解每一個詞彙的意義，而是牠肯定能理解人要表達的整體意思。牠會站起來伸長身體，雙手搭在內子膝上，一副迫不及待的樣子。

我在庫爾的注視下，將生魚片分到牠專用的小碟子上。不過我絕對不會在膳台上餵牠，因此內人會從膳台取走小碟子。由於每天都在相同的位置餵生魚片，庫爾也知道，所以會搶先就定位，在內人膝前對著固定的方向坐好。

雖然坐下來了，但牠似乎無法靜坐在原地，又會起身彎著腰。

因為那模樣很沒教養，內人會說「坐好、坐好，坐好才可以吃喔」，於是庫爾只有下盤還黏在榻榻米上，把上身伸到不能再長。

然後牠會伸出手來，把內子的手勾過去似地催促，讓內人一片一片親手餵牠。我在一旁看著，因為那模樣實在太可愛了，經常忍不住想讓牠多吃點，主動再給牠幾片。

結果我自己吃到的份，連一半都不到，但這樣就好了。

回想起這情景，沒有庫爾作陪，我實在無心在晚飯吃生魚片。我承受不了。

儘管長年以來，晚飯總是照這個順序吃慣了生魚片，但現在沒有生魚片也無所謂了。我不想吃。

都已經一個多月過去了，我還沒有叫過生魚片。

三

庫爾早上想要出門，卻步履蹣跚，被內人抱回家，自從那天開始，牠就再也不曾跨出家門，也不會勉強想出去。

牠乖乖地待在屋子裡，一整天和家裡的人朝夕共處，儼然家中一分子。這也是當然的，牠在外頭又沒有可依靠的親人。

安安分分是很好，但看起來就是不太有精神，讓人有些擔心。在老位置熟睡，醒來後等著吃晚上的生魚片，這樣的每日行程依舊，卻總教人掛心不下。

離家不遠的九段四丁目有家老字號犬貓醫院，那裡的院長是庫爾的主治醫師。庫爾三天兩頭不是受傷，就是有什麼毛病，向來都是去那裡求診，今年也是，二月在那裡住院了八天，五月住院了五天。

這次也是，我實在放心不下，無法置之不理，前晚打電話到醫院，說明庫爾的狀況，請醫生來看診。

八月六日早上，醫生來看診，打針治療。當時因為是一大清早，我便失陪沒有在場，醫生說是夏季感冒和便祕。貓也會得夏季感冒？這診斷相當富有俳諧[6]的輕妙滑稽趣味。

八月九日星期四　氣溫三五・七度

庫爾依舊沒有精神。我擔心極了。一早醫生來看診治療。雖然很早，但我還是起床向醫生寒暄，拜託他再來。

八月十日星期五　三四・三度

夜裡三點半醒來，前往庫爾睡覺的新和室探望。

6 俳諧為日本一種短詩形式，其本質為「滑稽」。

早上醫生再次來看診治療。我因為擔心，起身陪同。

八月十一日星期六　三三・一度

凌晨四點半起來，和昨天一樣去探望庫爾。後來又為了庫爾醒來好幾次，再回去睡。

今早醫生也過來看診治療。雖然很早，但我因為擔心，非在場不可。我陪同診療後，拜託醫生千萬要救救庫爾。儘管每天治療，卻不見成效，庫爾還是沒有恢復精神。昨晚吐了一點生魚片，後來什麼都不吃，今天一整天不管是牛奶還是蛋黃都不肯吃。午後近傍晚，內人打電話去醫院說明這情況，但醫生說今早的針劑裡有營養針，今天一整天不吃也不會有大礙。即使醫生這樣說，看到庫爾無精打采的模樣，實在教人擔心得不得了。整個家中一片陰沉，即使有商販拜訪廚房便門，也無人有心思聊天。

星落秋風五丈原，
渭水清流深未成，
無情幽咽作秋聲，
可憐丞相病危篤！[7]

我斷斷續續地想起這首以前的新體詩，丞相是諸葛亮，病危篤的是我家的貓。不管貓是不是孔明，只要能好起來都好。

八月十二日星期日　三二・六度

早上八點半，庫爾的醫生來看診，我起身陪同。庫爾接受治療，病況仍沒有好轉，我更加擔心了。傍晚庫爾喝了牛奶，我以為牠總算要好起來了，

7 土井晚翠詩，金中譯（收於《日本詩歌翻譯論》）。

開心得連自己都跟著振奮起來，睽違數日，晚飯多喝了幾杯。然而後來庫爾把剛喝的牛奶又吐了出來，我心想果然還是回天乏術，心如刀割，哭了出來。淚水不住地流。我把臉貼在庫爾的小額頭上，喊著「庫爾啊，你呀，庫爾啊，你呀」，疼惜不已。

八月十三日星期一　三四．一度

我不到七點就醒了。我太擔心庫爾了，一旦醒來，就再也無法入睡。今天八點前醫生就來看診。雖然做了治療，但醫生說懷疑是敗血症，我更加憂心忡忡。

八月十四日星期二　三五．二度

早上八點醫生來看診治療。庫爾看起來比兩、三天前好了一些，似乎沒什麼病痛，卻依然完全不肯進食。都已經瘦到皮貼骨了。一想到照這樣繼續惡化下去，恐怕再也難以康復，我實在是心急如焚。

八月十五日星期三　三二．六度

早上八點多，醫生來看診治療。從昨天開始，庫爾似乎稍微好轉了一些，雖然只有一點點，但願意喝牛奶了。

八月十六日星期四　三三．八度

凌晨三點到三點半，在沒有人發現的情況下，庫爾明明連走動都有困難，卻不知怎地，竟獨自來到電話機所在的三疊和室，坐在未拆封的郵件和舊報紙堆前。

不曉得為什麼，在隔壁三疊和室睡覺的我竟發現這件事，隔著走廊，對著睡在直角處新和室的內子說：「庫爾是不是自己過來這邊了？」內子驚訝地起身，把庫爾抱了回去。

小和室的那個位置，是庫爾總是亂抓報紙堆而挨罵的地方。

這些事是我後來聽內子說的，但我完全沒有記憶，也不知道自己怎麼會醒來。因為毫無印象，也覺得或許是做夢。

醫生早上八點來看診治療。庫爾看起來沒有病痛的樣子，但牛奶或碎鰈魚肉都不肯吃。早上醫生餵牠吃了點鰈魚，下午一點喝了一些濃米湯混牛奶，後來四點再餵了牛奶，庫爾就不喝了。我擔心牠是不是陷入昏迷，下午打電話告訴醫生這情形，庫爾似乎是不會好了。雖然我難過得心都碎了，但從醫生的口氣聽來，看來是得有心理準備了。醫生每天來看診，卻從來沒有說過「沒事的」、「很快就會好起來了」。

內子的被褥為了庫爾一直鋪著沒收，庫爾一整天就睡在那裡。無時無刻都有人陪在一旁。

同一天下午，有一小段空檔庫爾落單，卻沒有人發現。人在小和室的我似乎聽見兩聲貓叫，便對人在廚房便門口的內子說：「好像有貓的聲音？」

內子說：「應該不是貓吧。」但我還是很掛意，前往新和室一看，發現庫爾竟跳到矮桌上，打翻了內子的茶杯。牠明明應該沒有體力了，不知是怎麼上去的。也許是想要喝水。

內子把庫爾抱下來，牠好像想去廚房，站在隔間的玻璃門前看著廚房方向。我說牠想去哪就讓牠去吧，內子跟了過去，只見庫爾搖搖晃晃地走到洗手間，似乎想跳上去，卻實在力不從心，內子便把牠抱起來，結果牠讓內子抱著，喝了洗臉盆裡的水。庫爾每次從外面回來，都會跳上去那裡喝水。

三更半夜跑到小和室、爬上矮桌、去洗臉盆，感覺庫爾是在巡視各個牠所熟悉的地點。

用晚膳的時候，庫爾爬了起來，搖搖晃晃地走到我的床鋪所在的小和室，來到牠平常躺的座墊位置，卻不支倒在一旁的紙門前，發出細微的怪聲。大家都覺得庫爾終於不行了，驚慌失措，幸好牠最後又撐了過來。因為不忍心移動牠，所以內子也過來小和室一起睡，一整晚將牠摟在懷裡。

八月十七日星期五　三三・四度

早上八點醫生來看診治療。治療依舊不見效。昨天打電話時，醫生說更進一步的治療，就只能打強心針，但藥效過去時會很痛苦。我想起多年前祖母臨終時，都已經是八十三歲的天壽了，卻因為醫生打了強心針，讓她在最後痛苦不堪，因此不想讓日漸衰弱的庫爾像以前的祖母那樣受折磨。庫爾今天也幾乎什麼都沒吃。晚上依舊，就這樣過了一天。雖然心疼，卻無計可施。

八月十八日星期六　三三・一度

昨晚因為擔心庫爾，我不想回小和室自己的床睡，到新和室來，席地睡在庫爾旁邊。

早上八點前醫生來看診治療。這時醫生用湯匙餵了一點牛奶。中午左右，又餵了點牛奶，庫爾主動從湯匙喝了。我忍不住燃起希望，覺得牠可能比昨天好了一些。然而傍晚再試著餵牠，卻完全不肯喝了。同時手腳末梢似乎變得冰冷，我把湯婆子放在牠的腳部，設法讓牠好過些。今晚也因為擔心，睡在庫爾身邊。

晚間頻頻有驟雨掃過。是十二號颱風的前兆。

八月十九日星期日　二八・七度

早上八點醫生來看診治療。今天也請醫生餵牛奶，但庫爾不喝。

我覺得外行人不該對信賴的醫生問東問西，但醫生每天從皮包裡取出各種注射液安瓶，我忍不住詢問今天打的是什麼。

○林格氏液[8]

○葡萄糖

8 含有氯化鈉、乳酸鈉、氯化鉀、氯化鈣的溶液，亦用在治療貓的腎衰竭上。

○維他命B_{12}
○蛋白提煉的強心強肺劑
○代替輸血的注射液

醫生說，由於貓的血型驗起來很困難，而且貓血凝固得很快，因此輸血在實務上相當困難。

將以上五種的其中四種混合成一大針，剩下的一種另裝一小針注射。

庫爾雖然連牛奶都喝不下，但注射完一陣子後，看起來似乎舒服了些，一臉安詳地沉睡著，教人急得跺腳：為什麼這樣卻好不起來？只要肯進食，應該就能再次恢復精神吧。但就是吃不下，所以才叫生病嗎？看著庫爾的睡臉，我實在心痛如絞。

我把臉貼在庫爾的額頭上，呼喚著：庫爾啊，你呀，庫爾啊，你呀。牠有所反應，左邊的三角形毛絨絨小耳朵抖動了幾下，趾頭也張開了一些。都已經病成這樣了，還是知道我在叫牠嗎？

醫生之前用手電筒照射檢查後說，庫爾的嗅覺已經麻痺了，眼睛好像也看不到了，但耳朵還是聽得見嗎？我輕喚「庫爾啊，你呀」，那三角形的小耳朵便微微抽動，教人說不出的憐愛、心疼。

今早我也五點多就醒了，完全睡不夠，因此下午三點半在庫爾的旁邊躺下，卻怎麼也睡不著。

撫摸著庫爾的內子說牠在抽搐，我立刻跳起來陪伴。臨終了。庫爾沒有太痛苦，我和內子兩人臉貼在牠的身上，女傭撫摸著牠的背，然後庫爾停止了呼吸。下午四點五分，庫爾在三人的嚎啕大哭中過世了。啊，怎麼辦，怎麼辦，這孩子死掉了！我好不容易才克制住幾乎要發狂的情緒。庫爾啊，自八月九日以來，這十一天之間，我們夜不成眠，就為了把你留在身邊，可是庫爾啊，你竟就這樣走了嗎？

四

好一段時間，我就這樣抱著斷氣的庫爾。當然，牠還有體溫，臉蛋依舊那麼可愛，然而整個身體瘦得脫了形，連平時一半的重量都沒有。害牠吃苦了。我完全幫不上牠，讓牠瘦成了這樣。我把臉貼在牠身上，喊著：「庫爾啊，庫爾啊！」淚水簌簌掉個不停，把庫爾小巧的額頭和三角形的耳朵都沾濕了。

不過，已經莫可奈何了。

前些年進行「阿房列車」[9]之旅時，我因為喜歡東海道的由比車站，拜訪了好幾趟。當時的由比站站長現在已經從國鐵退休，進入靜岡的公司任職。這位前站長每到產季，都會寄來靜岡的蜜柑。每一顆都帶著兩片青翠的葉子，在品嚐它的滋味前，總能先讓我賞心悅目一番。

蜜柑的空箱應該收在倉庫裡。那箱子裝過我那樣喜愛的蜜柑，我想要拿它來做庫爾的棺材。

我們在箱底鋪上庫爾的小墊子和毛巾，再墊上牠的小枕頭，內子將牠抱起來放進去。庫爾還是溫暖的，手腳也還是柔軟的。我拿起牠的手，將之彎疊起來，擺成牠心情好時總是會擺出來的渾圓海螺姿勢。

〇

隔天二十日是陰天，一陣緊似一陣的驟雨，似乎是十二號颱風的前兆。

昨晚委託的園丁早上過來，在庭院屏風處略為隆起的地面挖了個洞，埋下裝著庫爾的蜜柑箱。

園丁忙完回去以後，颱風餘波的劇烈驟雨打濕了埋著庫爾的土堆。

〇

9《阿房列車》是內田百閒於一九五〇至五五年陸續撰寫的火車旅行系列紀行文。書名來自秦始皇的阿房宮。

這天，我鎮日茫然若失，眼淚無法克制地流。

隔天依舊失魂落魄。然後覺得非常熱，原來氣溫竟升至了三十七．一度。

再隔天，庫爾離開的十九日第三天的二十二日早上，我在五點多忽然醒來。我不想回去自己的小和室睡，一樣睡在庫爾原本睡的新和室裡。雖然還沒有睡夠，卻又覺得應該沒法再睡，就這樣昏昏沉沉地打了約三十分鐘的盹，結果夢見了庫爾。

新和室有尺寸較一般小的壁龕，掛著漱石老師[10]的詩箋，銀底都曬成了漆黑色。

庫爾之前就睡在壁龕前內人的被褥上，病況惡化以後，最後的兩、三天牠動不動就想要爬上去壁龕，幾乎都把食物吐在那裡的木板地上。

夢裡，庫爾已經死了，卻還會走動，先是往左走去，又搖搖晃晃地折回右邊，爬上壁龕。我叫內子快點看牠怎麼了。庫爾已經沒有眼睛了。走到壁龕的庫爾在那裡像海螺似地蜷起身子，疊起前腳，安頓下來。就是大前天將牠放入蜜柑箱時，我為牠在箱子裡擺好的姿勢。

做了這個夢，我覺得那樣做是對的。

○

八月二十三日晚上，第一次聽見蟋蟀鳴叫。也許更早以前就開始叫了，但今年為了庫爾的病，直到今晚都無心去注意。

○

結婚或慶生的時候，習俗上會分送裝飾糕點給親友。那是喜事的糕點，不過有用來祭拜死者、表示弔唁之意的喪事糕點嗎？我因為不諳俗事，不清楚有沒有這樣的習俗，不過這年冬天，我自小學以來的老友過世時，我向熟識的糕餅店訂了喪事的糕點，供奉在靈前。

八月二十五日，午後雷聲大作，下起陣雨，入夜後仍下個不停。今天是

10 指夏目漱石，也是內田百閒的老師。

庫爾的初七。雖然醫生沒能讓庫爾再次康復，但直到庫爾過世前的連續十一天，都為牠竭盡心力，為了聊表謝意，我訂了喪事的糕點，要內子送去。

糕點上用巧克力寫下庫爾的名字：

Kater Kurz

看到糕點上的這些文字，我聯想到德裔美籍指揮家庫爾茨（Efrem Kurtz）。把他與貓相提並論真是很失禮，但只是名字跟我家的貓一樣而已，別無他意。我想起大概是今年早春吧，在報上看到這位指揮家今晚即將抵達羽田機場的消息，當晚我摸著身邊的庫爾的頭說：「庫爾啊，你不用去接機嗎？」

今天的傍晚陣雨一路下到睡前仍在持續，雨聲淅淅瀝瀝。庫爾遲歸的夜晚，這種時候格外教人擔心。但現在已經不必操心這些了。牠已經安息了。

○

八月二十六日星期日，一早就頻頻下著驟雨。是從熊野瀨出海進入日本海的十四號颱風的餘波。

庫爾是在上個星期日的下午四點五分，在家中三人的撫摸下，抱著牠小小的頭，嚥下最後一口氣。今天的現在，便是那四點五分。不過那已經是過去的事了，而且若從那天算起，昨天的初七也已經送禮向醫生致謝了。只因為同樣是星期日就多所聯想，也沒有意義吧。但今天我就是介意著四點五分這時刻，怎麼樣都揮之不去。中午過後，我打算補眠而躺下，卻無法入睡，不停地想起那時候的庫爾，醒了過來。兩點多了。起來一看，時間更接近四點了。

○

八月三十一日深夜，我在用膳途中去了洗手間。回來一看，以前總是坐在那裡的庫爾、高高地豎起三角形毛絨絨耳朵的庫爾不在那裡。即使是在夢中也好，我好想再見庫爾一面，好想再抱抱牠。真正是在現實中，看見了夢幻中的貓[11]。

○

進入九月的某個早晨，儘管還想睡，卻怎麼也睡不著，我放棄掙扎，爬起床。不過起身前似乎稍微打了盹，夢見了庫爾，所以果然還是又睡著了一下吧。我夢見我從岡山老家志保屋店面的夯土地房間，抱著庫爾走進外面的倉庫。「庫爾啊，你太可憐啦！」我會這麼說，是因為想起庫爾死掉那時候。庫爾想要跳下倉庫的夯土地面，但我又把牠抱起來，平滑的地面讓牠的爪子勾不住。我握住庫爾的小手，這時醒了過來。所以我果然還是睡著了。反倒是因為做了這個夢，醒來時才覺得睡到了一些。我立刻起身，但抱著庫爾的手臂、抵在庫爾額頭的臉，仍一清二楚地感受到庫爾的餘溫。

○

次日，近傍晚時便烏雲罩頂，響起劇烈的雨聲。每回聽到雨聲總是如此，倘若庫爾還沒有回家，我便會祈禱牠在雨勢還沒有變大之前快點回來。這種時候，有時牠也真的會宛如穿過雨中似地，如我所願地回來。聽著今天的雨聲，我一再地想起同樣的事、想起庫爾，好想摀住耳朵，不願再聽到雨聲。因為不管再怎麼等，庫爾都不會回來了。

○

中秋節後過了兩、三天，剛入夜的時候，外頭傳來金蟋的叫聲。在這一帶實屬稀罕。應該是從某戶人家的蟲籠傳來的。

彼岸[12]時期是貓的季節，外頭的貓似乎正在發情，在屋子周圍吵吵鬧鬧叫個不休。自從庫爾走了以後，庭院再也沒有貓的身影，然而聽到貓叫聲，又會想起來。內子埋怨半夜被貓叫吵得睡不著。午前時刻，傳來和貓發情不太一樣的叫聲，在屋子周圍彷彿喊著家裡人似地喵喵叫個不停，讓人心神不

11 此句是將謠曲〈青柳〉歌詞中的「真正是在現實中，看見了夢幻中的人」（げに夢人をうつつにぞ見る）的「人」改成了「貓」。

12 春分及秋分前後各七天，日本人習慣在這段時間祭祖、辦佛事。

寧。不是諾拉，當然也不可能是庫爾。

昨晚的金蟋不是來自附近人家的蟲籠，似乎是在我們庭院導水管旁的草叢裡。

○

庫爾的十九日就快到了。這一個月以來，我在連日大暑中鬱悶度日，整個家裡沒有人敢提起或談論庫爾，就像避之唯恐不及。不過昨天和前天剛入夜時的金蟋叫聲，著實令人欣慰。聽到那聲音，心頭便頓時清爽起來。比起鈴蟲，我原本就更喜愛金蟋的叫聲，而且近幾年都沒聽到這種蟲鳴了，倍感珍奇。傍晚天色一黑，金蟋便會在排水管一帶以悅耳清脆的聲音唱起分明的曲調。從昨晚開始，我便覺得那是庫爾為了安慰我，化身金蟋，在那兒為我歌唱。這麼說來，庫爾的蜜柑箱就埋在疑似金蟋所在的草叢稍前方。

五

家裡收養了小野貓諾拉以後，才蓋了新和室。

所以諾拉經歷過新和室的工程，曾經爬上堆在門牆邊的木材嬉戲。

距今五年前的昭和三十二年（一九五七）春天，三月二十七日一個晴朗的午後，內子在新和室做女工時，諾拉跑過來喵喵叫，想要出去，因此內子抱著牠，從廚房便門走出大門內的院子。諾拉掙脫內子的手臂，穿過木賊叢，跑到池塘所在的院子，翻過圍牆，跳進南邊鄰家的庭院，就此再也沒有回來。

我住的地方，不管是以前的鄉下老家還是東京的家，幾乎總是有貓，但我從來不覺得家裡的貓特別可愛，也不曾多看一眼。不管貓在不在，都完全不會放在心上。

然而這回可憐的小野貓諾拉沒有回家，讓我痛切地體認到自己對牠的愛有多深。

後來過了兩個月，我仍鎮日為了失蹤的諾拉以淚洗面，這時庫爾出現在我面前。所以庫爾在這裡生活了約五年幾個月。

剛遇到庫爾那時候，以及接下來一同起居的生活，在這篇稿子以前，我應該也寫過幾篇文章，但現在一時半刻想不起內容。

五年幾個月——正確地說是五年三個月，庫爾完全融入我們的生活，愈來愈惹人疼愛。

起初，我深信庫爾是來替回不了家的諾拉傳話的。一定是諾拉在某處草叢或圍牆下，叫庫爾到家裡來通知牠回不了家了。庫爾是短尾巴，但除此之外，不論是花色還是長相，都和諾拉如出一轍。

一開始，庫爾用牠彷彿噙著淚的水汪汪大眼抬頭仰望人類。那模樣實在是說不出來的可愛，讓人漸漸被牠吸引了。

諾拉的失蹤讓我學到了教訓。要是太疼貓，到時候痛苦的會是自己——

我總是這麼告誡自己，卻不由自主地愈來愈寵愛庫爾。

幾年以來，每天裡總有半天，庫爾會來到小和室，睡在我的被褥床尾。我起床後，伏案絞盡腦汁的時候，原本待在另一邊的新和室或廚房的庫爾就會過來，在桌子另一頭對著這裡，直勾勾地望著我看，嘛著嘴巴喵喵叫。就好像在別處有了什麼不順心的事，來找我告狀。

這樣的事發生過幾回，我開始覺得雖然庫爾不會說話，我卻能懂牠的意思。

儘管如此，不管再怎麼可愛，三更半夜或天還沒亮就作亂吵鬧，硬是把內子吵起來，實在教人頭疼。內子隔天的生活作息總是會大受影響。因為庫爾每晚吵得太厲害，內子都快病倒了。雖然可憐，但我們還是討論是不是應該在人就寢的時候，把庫爾關進籠子裡。

我們決定這麼做，找庫爾的醫生商量。醫生說有一種可以放在和室裡的美觀籠子，籠底是兩層，可以放進貓砂盆。只要訂購，立刻就會送貨到府，也給了我們店家的電話號碼。

接下來就只等打電話了。

但仔細想想，被關進籠子裡睡覺，庫爾肯定不樂意。一、兩次也就罷了，如果每到夜裡就被會關進籠中，無法鑽進就在一旁、原本愛躺的內子的床鋪，而且即使奮力抓籠子，也出不去，萬一庫爾受不了，不願晚間被關起來而不回家，那就糟了。

這樣一來，難保我們不會為了庫爾的下落而擔心受怕，想要出門找牠。

結果最後我們還是打消念頭，不買什麼籠子關庫爾了。

雖然不買籠子了，但晚上睡覺時，會把砂盆放進庫爾所在的新和室裡。原本砂盆都放在廚房狹小的夯土地角落，但不知不覺間搬進了和室裡。

庫爾病倒後，白天砂盆也都放在新和室。一開始牠還能自力走到砂盆，當然都會去那裡排泄，即使是步履蹣跚、難以行走之後，也都在人的攙扶下，或是用抱的在砂盆裡排泄。後來庫爾一天比一天衰弱，即使抱進砂盆，也無法在盆子裡站好。但即使需要人扶著，牠也一定都在砂盆裡排泄，一次都沒有弄髒外頭。

然而從十九日的前天傍晚，牠終於還是失禁了，實在太可憐了。當然很髒，也毀了一條厚墊被，但這些都不重要。被子沒什麼好計較的，頂多重打一條就是了。我們就是如此不忍心去移動衰弱到那種程度的庫爾。就讓庫爾睡在牠想睡的地方，躺在牠熟悉的內子的床上吧。

唯一的安慰，是不同於一去不回的諾拉，我想要為庫爾做的事，全都為牠做了；庫爾想要做什麼，我也全都讓牠做了。

六

以前的中學，從低年級就開始教授漢文，程度逐漸加深，到了五年級，就得閱讀原文的《韓非子》等作品。

不過一開始會從簡單的入門，漢文讀本教材的內容不是直接從漢籍上抄來的，而是將學生可能感興趣的內容，改寫為筆調嚴肅的漢文。

比方說英勇保護印度總督年幼千金的大象的故事、表演的大象為何會聽從騎象人命令的理由，用漢文寫下這類故事。

其中有一則故事，是澳洲的烏鴉會算數。

有人在有許多烏鴉的地方蓋了棟小屋，在烏鴉的注視下，幾個人進入小屋，然後將烏鴉愛吃的飯糰堆在小屋前。

以前學到這課的時候，我絲毫不感到疑問，但事後仔細想想，澳洲人捏飯糰，是不是有些奇怪？我對澳洲並不了解，也許那裡的土人也吃米食。

這些細節並不重要，應該是為了讓學生易於理解，才寫成飯糰吧。烏鴉看到飯糰，便迫不及待想飛過去啄食。

但小屋裡面有人，不能隨便靠近。因此烏鴉停在周圍的樹枝，只能眼巴巴地看著。

這時小屋裡走出一個人離開了，接著又走出一個人、再走出一個人。也就是總共有三個人出來了。結果原本靜觀其變的烏鴉同時飛下樹枝，聚集在飯糰周圍。

烏鴉並不知道小屋裡還剩下幾個人，但看到有三個人出來，便放下心來。由此可見，烏鴉可以數到三的數字，就是這樣的內容。

我不知道貓能數到幾，但我們家有三個人，如果不是三個人都在，庫爾好像就不滿意。我不知道牠是不是會一個人、兩個人地去數這三個人，但牠應該認得每一個人，也熟悉我們的個性。貓雖然不會對我們點名，卻也不難想像，少了其中的誰，會讓牠感到不安。

庫爾出門，雖然不知道牠去哪裡做些什麼，但明明有時候自己一整晚不回家，牠回來的時候如果家裡不是三個人都在，就會喵喵叫著，在整個家中四處找人。起初不知道牠在吵些什麼，但只要有人從某處現身，或是從外頭回來，三個人都到齊，牠好像就滿意了，很快就跑去呼呼大睡。

庫爾本來就是個怕寂寞的貓，但近來特別黏人，會莫名其妙地往人身上蹭。即使不是知道自己來日無多，也是因為寂寞而親人，想要和人在一起吧。

後來我一直睡在新和室。我實在不想回去小和室自己的床。枕邊頭上的紙門，被庫爾抓破的地方仍保持原狀。我不想糊上新的紙，抹去庫爾的痕跡，所以要家裡的人別動，暫時就這樣放著。

即使日子過去，我依然思念庫爾。一想起來就難以承受，因此盡量不去想牠，即使不小心想起，也叫自己不要沉陷進去。不過庫爾離開後，有件事我覺得是牠為我做的。長年以來，我睡眠時間不定，經常因此虛耗了一整天的光陰。這是老毛病了，我已經把它當成無可奈何的事實，認命接受。但這陣子一到早上，我都能像常人一樣醒來了。至於為何如此，是因為自從庫爾生病以後，我因為擔心，一大清早就會去庫爾睡覺的地方探望，醫生開始每天來看診後，我也會陪同診療，詢問病況，拜託醫生設法救救庫爾。醫生來看診的時間多半是八點，甚至更早。但不管再怎麼早，我也絕不嫌早，反而等不及醫生快來，這樣的情況持續了十一天，雖是一時的，但也就此養成了習慣。

能夠早上起來，如同常人般展開一天的活動，對我是望外之喜，感覺過去多次嘗試亦從未成功的事，就快要大功告成了。我覺得這是庫爾留給我的禮物。

雖然留下了禮物，但庫爾也帶走了一些東西。就是前面提到的生魚片，後來我一次也沒有向魚販叫過生魚片。我並非討厭生魚片的味道，只是實在無法承受去想起每晚開心等待我坐到膳台前的庫爾，所以遠離了令我觸景傷情的生魚片。最後那段時間，比目魚生魚片太大塊，庫爾吃不下，我們便把生鰈魚削成碎塊給牠吃。冰箱裡庫爾最後吃剩的鰈魚，後來就由我煮來吃掉了。鰈魚我也不怎麼想再吃了。

那樣炎熱的夏季也已經過去，白晝縮短了一些，早上天亮得愈來愈晚。

黎明前夕，我忽然醒來。

鋪在一旁的被褥上，內子正在哭。她用紙按著眼睛，悲切啜泣。

我們之間完全沒有提起過庫爾，但庫爾死後沒多久的某天早上，內子說「每到早上我就好難過」，哭了出來。

距離那時候，已經過了一個半月。

但即使日子過去，內子還是會想起每到天亮前這個時刻，就會調皮搗蛋、把她吵醒的庫爾吧。

內子不知怎地醒了過來，卻因為懷裡沒有庫爾，所以才忍不住哭泣吧。

貓之墓

夏目漱石

遷至早稻田以後，貓日漸消瘦，完全沒有陪孩子們玩耍的興致。陽光一射上簷廊，貓便過來躺下，前腳對齊，正正方方的下巴擱在上頭，靜靜地望著庭院灌木叢，就這樣再也一動不動。不論小孩在一旁鬧得有多凶，亦置身事外，孩子們也根本不加理睬，把老友當成了陌生人，彷彿在說這隻貓根本不配當玩伴。不只是孩子，女傭們除了一天三次將牠的伙食擺到廚房角落外，幾乎不去理會。而且那些伙食大半也都給附近一隻大花貓吃掉了。貓既不生氣，也從來不見牠與人相爭，就是靜靜地睡著。但牠的睡相卻總有些緊迫，不是悠閒愜意地側躺下來沐浴陽光，而是彷彿沒有動彈的餘地——這樣仍不足以形容。就彷彿悒鬱過度，儘管不動很寂寥，但動了更寂寥，只好忍耐著靜靜不動。牠的眼睛總是望著庭院的灌木叢，但應該完全未去意識到樹葉或樹幹的形狀。那帶綠的黃色瞳眸僅是茫茫然地對著一點。就像家裡的孩子眼中沒有牠，對牠而言，世界似乎亦是曖昧模糊的。

即使如此，貓有時似乎還是有事會出去外頭。每回出門，總是遭到附近那隻大花貓追趕，驚恐地跳上簷廊，衝破緊閉的紙門，逃到地爐邊來。唯有這種時候，家裡的人才會注意到牠的存在。牠亦只有這種時候，才會充分地察覺到自己仍然活著的事實吧。

這樣的事三番兩次，貓長長的尾巴逐漸脫毛了。最初看上去像開了幾個洞，接著露出赤紅的皮膚並擴大，無力地垂著，看了教人不忍。牠彎折起對所有一切感到疲憊的軀體，不停地舔舐疼痛的患處。

喂，貓怎麼了？我問內子，她冷漠無比：嗯，應該是老了吧。我也就這麼任由牠去。結果沒多久，貓有時吃完飯後就會嘔吐。咽喉劇烈地痙攣，發出既像噴嚏又像打嗝的痛苦聲響。儘管看起來痛苦，但情非得已，一見牠吐，我們便會把牠趕去外頭，否則不管是榻榻米還是被子，都會被牠毫不客氣地糟蹋。為了招待客人而特別訂作的八反織[13]綢緞座墊幾乎都被牠吐髒了，收了起來。

「真沒辦法，一定是腸胃不好，拿寶丹[14]用水化了餵牠吧。」

內子沒有接話。兩、三天後，我問她餵了寶丹沒有，她說餵也沒用，貓不會張口的，又說給牠吃魚骨就會吐，我有些疾言厲色地斥責：那幹什麼餵牠魚骨？然後又繼續看書。

貓只要不吐，便如常安靜地躺著。到了最近，牠總是緊縮著身子，蹲踞

13 又稱八端織，一種日本的絲綢織法。
14 一種腸胃藥。

的模樣侷促極了，就彷彿只有支撐著自己的簷廊可以依靠。眼神也變了。起初近看的視線裡彷彿倒映著遠方的景物，悄然之中仍帶有沉靜，然而接著便會古怪地顫動起來。貓眼瞳的色彩日益黯淡，就好似日落之後迅疾而逝的閃電。但我依舊任由牠去，內人似乎也沒放在心上，孩子們當然連有這隻貓都給忘了。

一天晚上，貓趴在孩子們睡覺的被褥邊角，沒多久便發出低吼聲，彷彿有人要搶牠的魚。只有我一個人注意到異狀，孩子們都熟睡了，內人專心地做女工。不一會兒，貓再次低吼。內人終於停下縫補的手。我說：怎麼搞的？要是半夜咬了孩子的頭，那可不得了。怎麼可能？內人應道，繼續縫內衣袖子。貓不時發出低吼。

隔天，貓爬到地爐框上，一整天低吼不休，就像害怕有人來倒茶或拿水壺。但是到了夜裡，我和妻子又把貓的事拋諸腦後了。其實就在這晚，貓死了。到了早上，女傭去後頭的儲藏室取木柴時，貓已全身僵硬，倒在舊爐灶上。

內子特地去看貓的屍體，一反先前的冷淡，突然大驚小怪起來。她託熟識的車夫買來方型墓牌，要我為貓寫些什麼。我在正面寫上「貓之墓」，背後則寫下「願其下亦有雷奔閃電之夜」。車夫問可以直接埋了嗎？女傭輕嘴薄舌說：難不成要送去火葬嗎？

孩子們也突然疼惜起貓來了。他們在墓牌左右放了兩只玻璃瓶，插了許多胡枝子花，還用杯子汲了清水供在墓前。花和清水每天都會替換。第三天傍晚，我從書房的窗戶看見一名年近四歲的女童獨自來到墓前，對著那根白木墓牌看了片刻，接著伸出手上的玩具杓子，往供奉貓的茶杯裡舀了一杓水喝了。而且舀了不只一杓。沉靜的向晚暮色中，漂落著胡枝子花的水幾度滋潤了可愛女童那小巧的咽喉。

每逢貓的祭日，內人必定會將一片鮭魚和灑上柴魚的一碗飯供在墓前，至今不曾遺忘。不過這陣子都沒有拿到庭院去，似乎大抵都擺在起居間的櫃子上。

貓

谷崎潤一郎

○

動物當中，最美的應該就屬貓族了。貓、豹、虎、獅，每一種都很美。雖然美，但論到最美，還是非貓莫屬。首先，貓的眼睛出類拔萃，鼻子的形狀極盡優雅。獅、虎、豹的鼻梁相較於整張臉，有些過長，因此顯得愚鈍，不夠精悍。在這一點上，貓的鼻子再理想不過，不長不短，調和適中，從雙眼之間延伸至嘴巴的曲線，其優美不可方物。波斯貓更是箇中翹楚。世上再也找不到任何一種動物，有著如此緊湊的五官了。

○

如果有，那就是豹了。豹似乎是最接近貓的動物。我一直很想養一隻豹。如果要養動物，就要養豹。豹美麗、柔軟、高雅，如宮廷樂師般裝模作樣，卻又如魔鬼般殘忍。豹好色，又是饕客，養起來肯定樂趣無窮。

不過最有趣的還是貓。狗除了撲上來撒嬌之外，不知道該如何表達愛情，單純而毫無技巧。然而貓卻技巧十足，表情複雜萬端，光是撒嬌，有時候舔，有時候以臉磨蹭，偶爾還會使使性子，收放自如，魅惑人心。而且只要身邊有人，就會一臉清高、道貌岸然。唯有和寵愛自己的人獨處時，貓才會放下一切身段來討好——千嬌百媚地撒嬌，那模樣實在有趣。而且到了夜裡，貓那種嫻靜地安坐於桌旁、宛若靜物的模樣，一派恬淡，讓人跟著心頭柔和。

○

您說狗嗎？家裡現在只養了四隻狗，德國狼犬、格雷伊獵犬和兩隻賓利狹，最近還會再添兩隻廣東犬[15]。說到狗，我想到泉鏡花老師。老師是出了名的討厭狗，去年他來我家的時候，也不肯踏進大門，遠遠地在另一頭喊：「喂！谷崎！快點把狗綁起來！」據說以前他向佐藤（春夫）邀稿的時候也是，還事先叮囑：「聽說你家都讓狗進屋子，可千萬別讓狗舔了稿紙啊。一想到稿紙被狗舔過，實在太噁心了，會讓我做噩夢。」還有件軼事，老師接受某家報社委託撰寫東京某景的稿子，但因為老師怕狗，報社還派了打狗保鏢陪老師一起上路。不過佐藤和志賀（直哉）就完全不同了，他們愛狗成痴，讓狗直接踩進和室裡，打成一片，樂在其中，但我實在沒法愛到那種地步。貓的話就沒問題，說來也真是奇妙。

15 即鬆獅犬。

貓

德富蘆花

一

大正六年（一九一七）八月一日。

自九十九里返家的時候，看家的老頭子和長大後的五隻小貓迎接主人歸來。沒看見母貓。

老頭子立刻來報告：

「母貓從十七日起就沒見著，不過在那之前就不怎麼愛吃東西，只是不停地喵喵叫。」

「這樣啊。」

我說，但當下也無法做任何處置。我們幾人分頭將外出期間緊閉的房間門窗全部打開來透氣。

「有貓還是雞死在那裡。」

去別院開門窗的女傭前來通知，我和內人過去查看，只見入口門檻處有一具屍體，頭朝另一側長長地躺臥其上。我以為是雞，因為意外修長的後肢骨頭迷惑了我，但那其實是貓。幾乎已經不剩半點肉了。看上去像雞頭的頭骨眼窩凹陷，下面還殘留著長長的鬍鬚。

「啊，是阿玉啊！」

內人喊道。

「死掉了嗎？哎呀、哎呀。」

跟在後頭的老頭子心痛地說。

「之前就一直不吃東西，不停地喵喵叫。」

老頭子又說了一次。

「真可憐——一定很苦。」我也說。

阿玉四肢僵硬躺倒在地，直到變成這樣，肯定經歷了莫大的痛苦。是誤食老鼠藥了嗎？如果她能說話，就能向老頭子求救了——屍體能夠訴說的，就只有死亡的痛苦，以及孤獨死去的悲哀。

我和內人用裝木炭的稻草袋將阿玉裹起來，埋葬在北邊的田裡。

「她在我們離家時過來，總是替我們看家，最後也在我們離家期間走了。」

內人嘆息道。

二

阿玉是大正二年（一九一三）秋天，我們正在走那段紀行文《死蔭》（死の蔭に）的旅程時，下祖師谷的米行送的貓。花色是黑斑居多的黑白色，有著修長的尾巴、銳利的眼神，是一隻很美的母貓。她性情剛烈，討食的時候亦鍥而不捨，總是氣憤地喵喵怒吼，彷彿在說：跟你真是講不通！

她剛來的隔年春天，曾有一次失蹤了四、五天之久。養蠶季節常有人偷貓，我們家的阿玉應該也是被偷了？還是被狗咬死了？我們正在猜測，結果第五天她便自己跑回來了。神態疲憊，困頓無力，一看到家裡的人便頹然倒地，喵了一聲。摸摸她的身體，她又喵了一聲，用那聰慧凌厲的眼睛直望著家人的臉看，傾訴似地喵喵叫。

「我被抓走了，九死一生才逃了回來。」

聽起來完全就像在這樣說。

「這是阿玉夠剛強，才有辦法回來。」

內人也讚佩不已。

阿玉雖然是貓，記性卻非常好。忘了是什麼原因，有一次我逮著她教訓了一頓，此後她一見我就跑，而且長達半年之久。我討厭這隻自我意識過於鮮明的貓。即使我想親近，阿玉也怎麼樣都不肯相信一度交惡的我，這也令我覺得氣惱。阿玉非常任性，極端厭惡像其他的貓那樣被人抱在懷裡。就連內人抱她，她都會一下便溜出懷裡跑掉。

我都稱阿玉為「新女性」。之前我這樣稱呼經常飛出欄外的母雞，但現在將這個名號奉送給貓。我喜歡遠遠地觀察新女性，但不喜歡相處。這是因為我本身不夠新潮的緣故吧。

阿玉初產時生了三胎，但一隻都沒有養大。

「喂，新女性，都是因為妳這野丫頭太調皮，才會連一隻都養不大。」

我對著貓說。

歲月流轉，貓漸漸長大，小姑娘成了不折不扣的婦人、半老徐娘，逐漸有了相應的風格與沉穩。然而她剛烈的性情絲毫未變。她很會抓老鼠，也愈來愈會養孩子了。只要進化，上天自會賜予力量。

這陣子在我們家，鶴子[16]離開了，《槲寄生》[17]裡的姊妹也走了，換了女傭，大正三年秋季，我們離家去伊香保的期間，愛犬大熊也被人偷了，除了一些雞以外，這隻貓對男女主人而言，是相處最久的家人。有些寂寞難耐的日子，我們夫妻倆也會對著她埋怨個幾句：人的話，還可以聊聊天，彼此安慰，而貓的話，就沒法這樣。但即使是貓，願意默默聽我們訴苦，還是令人欣慰。她只要偶爾抬頭meow個一聲，就覺得彼此靈犀相通似地，讓人開心極了。

在鄉下，養狗要繳稅，因此小狗是累贅，但養蠶人家需要貓驅鼠，而且不用稅，因此小貓頗搶手。阿玉在春秋兩季產下的肖似母親的孩子們，都有人收養，送到各地去了。阿玉在內人住院期間生下來的小貓，不是爬到我的肩上，就是跳到琴上，被突來的琴聲嚇得定在上頭瞪大眼睛，或到處嬉戲，撫慰我的憂傷。某年秋天生下來的小貓，我因為嫌吵，丟到別院天花板去，結果長成了怕人而凶暴的野貓，即使捉進袋子裡送人，也會偷吃東西、躲進地板下，讓收養的人家傷透腦筋。某年春天生的小貓，牠們的父親過來吃掉了其中兩隻，阿玉幾乎發狂，即使家人想要照顧，也齜牙裂嘴地吼叫撲咬。

今年是阿玉來到我們家的第五年，她也愈來愈像個老太婆了。毛色等等很像以前住在赤坂冰川町時，大哥家送的一隻叫庫拉的貓，但秉性自然不可同日而語。今年阿玉的肚子又大了起來。我們還在說老太婆生產肯定很費力，結果四月底我們出發去伊香保的幾天前，她順順利利生下了五隻。我們

---

16 德富蘆花兄長蘇峰的么女，蘆花曾收其為養女。

17《榭寄生》是德富蘆花依據日本陸軍士官小笠原善平的日記所寫的小說，有段時期蘆花曾收留善平的姊妹。

請某位太太照顧她們母子後出發旅行，六月初從伊香保回來時，五隻小貓都大了，在家裡四處跑。沒有孩子的家，總是冷清沒有笑聲，即使是小貓，也不知道帶來了多少歡笑。

阿玉順利帶大了五個孩子，顯得得意非凡。有時會像以前那樣發脾氣，斥罵一些叫也叫不來的小貓。見她把身子伸得老長，毫不吝惜地任由五個孩子吸奶的模樣，我不得不想：新女性也成了良母啦！我也會吩咐下人讓阿玉吃些好的補補身子。

七月一日，我們前往九十九里，當時阿玉不在。回來一看，阿玉已經死了。就像內人說的，她在我們長旅離家期間過來，在我們三度前往伊香保時看家，最後在我們前往九十九里時過世，這也是某種因緣嗎？在我們進行《死蔭》之旅時過來，前赴《死蔭》之旅時離去，也是某種暗喻嗎？無論如何，總是留她一個人看家，任她孤單地死去，令人感到虧欠。

她肯定覺得自己的主人太冷血無情！

三

俗話說，「沒有父母，孩子也會長大」，失去母貓的五隻小貓，據說是負責顧家的老頭子餵飯養大的。小貓們把老頭子當成爺爺似地跟前跟後。老頭子都在戶外幹活，因此小貓們有一半也過著戶外生活。

從九十九里回來後，必須將這些小貓分送出去才行。家中再怎麼冷清，五隻貓也太多了。兩隻送去船橋的人家，一隻有個女傭辭職時要走了，剩下公黑貓和母花貓。黑貓長得極醜，有些呆頭呆腦，起初打算把牠命名為B，留在家裡，但漸漸愛情淡去，把牠改名為「定九郎」。俗話有云，公貓母貓不可養在同一家，而俗話是諸多經驗的結晶。最後「定九郎」託給賣牛奶的M，一樣送給了船橋的賣油人家。唯一留下的母貓，相貌氣質都與其母唯妙唯肖。因為是阿玉的孩子，所以原想叫她「小玉」，但這樣實在半吊子，我想另找個恰當的好名字，因為她的鼻子是黑的，便想到「哈那」[18]，不過叫哈那小姐又實在太裝模作樣，最後命名為「黑鼻子」——她的兄弟B則改名「定九郎」，有時又會拿掉最後一字，喊她「黑鼻」、「黑鼻」。

雖然與母親死別，和其他手足分離，但「黑鼻子」和B一起生活了許久，剛把「定九郎」送人的那段期間，「黑鼻子」每天都在找她的兄弟。過了四、五天後，似乎偶爾還是會想起來，顯得寂寞，過一陣子就相當習慣孤單了。她有時還是會一個人玩起球來，但她已經長成大貓，不再適合這樣的嬉鬧遊戲。

看她在長火盆上折起前腳，四四方方呆坐取暖的模樣，感覺心裡早已完全忘了母親和手足。她就像個深閨千金，安分守己。「出生」真是件了不起的事。在這個變動頻仍的家中，除了男女主人、臨時雇用的女傭以外，長居於此地的就只有生長在這個家的這隻「黑鼻子」了。

深閨千金是獨生女，因此氣焰囂張，晚飯後都一定要來我的坐墊睡覺，寒冷的早晨就一定要鑽進內人的暖桌裡，天氣一冷，便催人搬出暖桌來。她認定有個女人就是抱著她睡覺的，另一個女人就是餵她吃飯的。不過要人餵飯的她，偶爾也會反過來餵人。前些晚上，木板地房間一陣吵鬧，我提著煤油燈過去一看，原來是她抓了宿鳥回來。孔子說「弋不射宿」，但「黑鼻子」不是孔子，所以也沒有是非對錯可言。是非對錯不重要，拎起來一看，那是一隻貌似鶺鳥的鳥，看起來頗為可口。我用一串魚乾和「黑鼻子」交換了那隻鳥烤來吃掉，美味極了。我為此吟了一首詩：

掠奪家貓爪下鳥
道貌岸然是主人

18 はな，hana，與鼻子同音。

「黑鼻子」一天比一天更像其母。見她悠哉從外頭踱回來的模樣，有時會赫然以為是「阿玉」回來了。就是如此肖似。生氣喊餓的吼叫聲也和母親一模一樣。我不禁幻想，在盛夏的別院夯土地板上，鑲了一圈毛的貓屍「阿玉」只是具空殼，其實真正的「阿玉」是眼前這隻「黑鼻子」。這種時候，我會對腦中的那具屍骸祈禱安息，對眼前這隻活生生的「黑鼻子」，則祝禱她像其母那樣長大，多抓耗子多生子。

愛貓知美之死

佐藤春夫

我的愛貓小不點總是一身髒兮兮地與拜年訪客為伍，目中無人地橫行，因而被我的朋友們記住。同時由於〈貓與奶奶〉（猫と婆さん）一文，即使知名度不及漱石的貓，好歹也算是廣受世人賞識。小不點雖然在〈貓與奶奶〉一文時險些喪命，但總算是沒有跨過鬼門關，後來又多活了半年，在今年春寒料峭的日子，壽終正寢了。回首一看，我倆的同居時光，足足有十五年又五十日之長吧。

貓的壽命似乎原本就不長，但應該也有各自的定壽。總之，小不點等於是在我家出生又死去，在這裡度過了這輩子。

小不點已經澈底衰老，死得算是天經地義，但我看著牠的遺容，或者說牠死去的身子，誦經的聲音哽在鼻頭，忍不住落下淚來。這天從早上直到中午，淚水再怎麼抹都流不盡，教人沒轍。內子與自任為貓的飼養員的女傭雖有哀容，卻沒有掉淚，只有我一個人哭到連自己都覺得尷尬。

我在這七十年的生涯當中，送別過父母、兄弟、孩子、老師和朋友，以及幾個認識的人，每一次都有著不同的悲傷。但我明白有生必有死，邂逅是離別的開始，因此從不為人的死亡悲嘆流淚。與母親和弟弟的死別，最悲慟的日子過去以後，哀傷反倒日漸加深，我卻也不曾為此流淚。我覺得相較於他人，自己似乎有些冷漠無情，這可能是因為我身為醫生之子，自小便多次目睹病房中的死亡，對死者的哀悼之感逐漸變得麻木之故。儘管如此，對於死亡這種神祕不可解的現象，我自小就有一種恐懼和不安。然而卻幾乎不會為了死者而傷悲，實在不可思議。

也許是因為我的親人和心靈上的密友，多半是在我壯年時期離世，因此我還禁得住那種痛。雖然至今我還是認為自己在精神上很強悍，面對貓的死，我卻哭得無法自已，連自己都不明白為什麼。

我的貓絕非特別美麗或珍奇，和路邊的野貓差不多髒，但我覺得牠極聰明伶俐，對牠深愛不已。我最痛恨的就是笨蛋，尤其是那種因為是大人，便自以為是號人物的笨蛋，最教我看不入眼。但不巧的是，當今日本——不，也許任何時代任何國家皆是如此，這種人占了絕大多數，實在教人嘆息。對於看慣這種事、總是在忍耐的我而言，小不點這樣的存在彌足珍貴，教人如何能不愛？

小不點小時候，我常同牠一起嬉戲，等牠稍微長大一些，便開始管教牠。我奉行恩威並施，付出無比的愛，卻也嚴格管教。因此每當我在管教時，小不點會飛快地溜出我的手，跳出庭院，從樹上等地方居高臨下俯視我。牠身形敏捷，運動神經絕佳，明明是公貓，卻很會抓老鼠[19]，約莫一年的時間，就把溜進廚房的老鼠抓到一隻不剩，也把屋裡的老鼠趕盡殺絕，沒多久便開始在庭院追逐溝鼠。

有一次小不點在庭院抓了小老鼠玩弄著，但小老鼠溜出牠的魔爪，鑽進庭院一隅的箭竹叢裡去。小不點身材碩大，沒法鑽過密集的竹叢，只得恨恨地盯著逃出生天的小老鼠。

即使是貓，聰明的傢伙性情似乎都不勇敢，不曉得是不是身手不夠好，小不點總是帶著傷逃回家來。貓求偶的季節不用說，有段時期，小不點一年到頭都在外遊蕩，除非受傷或肚子餓，否則根本不回家。

「這傢伙，似乎把家裡當成了醫院還是食堂。」

說是這麼說，但那陣子小不點曾有一次不只四、五天，而是超過一整個星期都沒有回家，我正擔心不已，結果牠沒有憔悴的樣子，也沒有被昨晚以來的大雨打濕，滿不在乎地穿過雨中衝回家裡來。我想牠一定餓壞了，吩咐女傭餵牠，牠卻也沒有狼吞虎嚥。到底是跑去哪裡、過著怎樣的生活了？貓真是會迷惑人心。

聽說貓除了飼養的人家以外，都會在附近找幾處時常出入的人家，有一半的時間住在那裡，把鄰近一帶都納為自己的地盤，讓四、五戶人家共同飼養，或許還真是如此。

小不點在壯年時代過著這樣的生活，但即便是這個時期，似乎還是只有在飼養牠的人家才能安眠。每當消失一段日子終於回家後，牠總是會找個地方睡得不省人事。這種時候如果叫牠，牠還很睏的話，就會裝作沒聽見，繼續昏睡，但只有長長的尾巴有時輕微地、有時大大地擺動，權充應答。但如果睡飽了，就會伸手撈向站在一旁的我的和服衣襬，開心地讓我用腳撫摸牠的頭和肚子，並伸出雙手嬉戲，央求我再多陪牠一些。那副想要像以前那樣一同玩耍的模樣，永遠都像隻小貓咪。

19 一般俗信，認為母貓比較會抓老鼠。

貓素有美食家之稱，但小不點在廚房的小碟子，永遠都會吃剩一些東西。牠似乎認為我吃的東西比較香，儘管不一定總是如此，每次我用飯，牠就會跑到旁邊來坐著，我也養成了與牠分享的習慣，只要是我給的東西，不管是通心粉、塗奶油的麵包塊，甚至是泡芙的奶油和皮，牠都吃得津津有味。小不點分不出我是要用餐還是喝茶，只要我坐到餐桌旁，就一定會靠過來。然後廚房自己餐盤裡的東西碰也不碰，或丟下只啃了一半的竹筴魚，引得附近的野貓或放養貓聞香而來，大快朵頤。小不點見狀也不驅趕，反而不知道是尷尬還是客氣，自行離開現場，實在老好人過了頭（不，老好貓？）。因此附近的貓都爭先恐後聚集到我家，在庭院或屋子裡肆無忌憚地闊步。由於小不點的大方，我們這處陋室儼然成了貓居，其中還有把我家小倉庫當成產房的。在我家出生長大的貓，每年必定都有五、六隻混在這些偷吃的貓裡，蒙受小不點慷慨的恩惠。

第一次為小不點洗澡時，牠明明很享受，卻不知何時害怕起熱水來，如果硬要洗牠，就會掙扎抓人，全身的毛膨漲起來，連按都按不住。後來我覺得也沒必要強逼，便任由牠去，所以小不點也樂得不洗澡。但沒過多久，牠在浴室裡發現絕佳的睡床，躺在浴槽蓋子上伸得長長的，享受來自下方熱水的溫暖。在尋找冬暖夏涼位置這方面，小不點有著驚人的天賦，炎炎盛夏的白日，牠會在庭院凌霄花的粗枝彎曲重疊成架子的地方蜷成一團安睡，也知道走廊通風最好的地點。

小不點不讓人洗澡，又懶得自己打理外表，頂多用手抹抹臉，而且還會四處走動、打滾，因此總是全身髒兮兮的，加之上了年紀，毛色變得黯淡，原本布滿全身的虎斑，尤其是從額頭到頸部垂直平行的美麗條紋，早已變得面目全非，活像隻野貓。連固定看診的貓醫生都說，遇到有病家打聽佐藤家的貓是什麼花色，他都不知道該如何回答。

都說寵物就像反映飼主的鏡子，討厭入浴、不驅趕來吃殘羹的野貓和放養貓，或許都像到了我的氣質。不過不挑時間地點，四處遊蕩，是近年的我所少了、唯小不點獨留的習慣。我自認步入老年以後，便成了最嚴謹、最慎重，或者說最沒出息的家庭生活者。

彷彿敗給了暑熱，小不點自前些年的夏末嚴重衰弱以來，約從該年的深秋時分開始，牙齒便全數脫落，一顆不剩。見牠把吃進去的東西又吐出來，我覺得奇怪，檢查一看，發現裡頭竟連一顆牙也沒有，於是此後都是我把食物嚼碎後再餵給牠，但搞得小不點直盯著我的嘴巴看，害得我幾乎食不下咽，放進嘴巴裡嚼的飯菜全都餵給牠。偶爾給了牠沒有完全嚼爛的食物，發現牠自己也會嚼，留心一看，原來裡頭還剩下一顆牙。

小不點身手極弱，老是受傷回家，不過我聽說貓要上了年紀才會變強，便期待著牠應該很快就要脫胎換骨，卻絲毫不見長進。去年深秋的某個夜晚，外頭傳來慘烈的尖叫聲，我擔心可能是小不點，拿著手電筒去找，果真是小不點站在庭院角落的棕櫚樹上，樹底下不曉得是何方神聖，有隻流氓模樣的大貓在那兒仰望著。我揮舞拐杖把這隻惡霸趕走，小不點見狀總算往樹下爬，我便將牠抱回家裡來。

即使牙齒都掉光了，小不點似乎仍會出入野貓討老婆的場所，和青壯年人相爭然後落敗。像今年早春，牠的左眼被抓傷回來，醫生說弄個不好，可能得動手術摘除，但最後總算是不必動刀就痊癒了，不過有段時期我真以為小不點要變成獨眼龍了，心痛無比。約莫從那時候開始，小不點變得黏人得可怕，老是靠在我的膝上睡覺，跟在我後頭走來走去。雖然也可以解釋為是因為天冷，而我總是待在火盆附近，不過三尺[20]見方的火爐周圍開闊，而我坐在左右兩側的書山之間，小不點就愛擠在我和書本間侷促的空間裡，有時也許是覺得窄悶，牠會移到我的臀部略為寬敞一些的地方，拉長了身體睡覺。

半夜我起身小解，小不點聽到我的腳步聲，會倏地冒出來，若我沒發現牠，牠會邊叫著蹭向我的腳。我在小解的期間牠等著，一出洗手間，又整個

20 約九〇・九一公分。

身體蹭上來，輕巧地往前走去，我納悶牠要去哪，只見牠坐到飯廳門前，好半晌交互看看我又看看門。哈哈，是想去裡面睡覺，所以叫我開門是吧？我恍然大悟，替小不點開了門，結果牠真的迅速入內，大步往深處走去，抬頭仰望著角落高處的菜櫥。這房間近來都沒有使用，我完全陌生，但小不點仰望的菜櫥裡，盤子上放了五、六尾小尾和中尾的竹筴魚，似乎是準備拿來餵牠的。小不點這傢伙，三更半夜餓肚子回家，想要吃魚是吧？我拿了一尾放在坐著的小不點面前，牠便立刻嘖嘖有聲地吃起來。後來過了四、五天，小不點又在半夜聽到我的腳步聲靠過來，我以為牠又想吃魚，打開飯廳門，像上次那樣丟了一尾魚給牠，但牠只是咬了一口，又直接拋下不吃，看也不看地走出房間，我跟上去一看，牠坐在廚房出口前，交互看著門和我。這傢伙有事要出門嗎？我替牠把緊閉的門開了條縫，牠瞬即從縫裡鑽出去了。

看著小不點偶有這類的行動，我總是會想，如果我有個啞巴孩子，是不是就是這樣子？這讓我覺得小不點彷彿擁有人類兒童的智力，同時理解到自己竟把長年飼養的小動物視如己出了。

最近小不點的眼睛總是沾滿眼屎，有時實在太髒，我替牠擦了幾次，牠也不反抗。沒有多久，情況愈來愈糟，我懷疑是不是之前差點可能要摘除的眼睛出了毛病，但有眼屎的是另一隻右眼。無論如何，都得再請貓醫生看看，結果醫生說是臼齒脫落後，引發齒槽膿漏，膿液從眼窩流出來。醫生並說貓的臉很短，臼齒牙根緊鄰眼窩旁邊，於是替小不點打了盤尼西林回去了。但隔天眼睛又流了許多膿，醫生說眼睛和齒槽膿漏都得再打上四、五針才行。

即使像這樣生病，小不點依舊要出門遛達。不知道什麼時候，牠的頭頂似乎被抓傷了，額頭上禿了拇指頭大的一塊，中間留下爪痕。摸摸那裡，周圍的毛逐漸變黃、變禿。剛好就在小不點美麗的花紋正中央處。負責餵小不點的女傭似乎也為此心疼，問了醫生，醫生說：

「不用擔心，毛還會長回來。」

這件事也傳入我耳中，然而小不點頭頂的毛卻再也沒有長回來。沒能等到長回來。

應該也是齒槽膿漏的緣故，小不點有段時期近乎異常地沒有食欲，改為吃雞蛋或牛奶等流質食物，但後來連這些都愛吃不吃，來找我的時候也都只是睡覺而已，我吃飯的時候也不來陪了。

貓健康的時候都喜歡睡在高處，如果趴著縮在陰暗狹窄的地方，就表示精神不佳。前些年小不點秋季生病的時候也是如此。後來我想到這也難怪，因為居高臨下，是貓的攻擊姿勢，趴低身體躲在狹窄的地方，是他們完全喪失戰鬥力，欲躲避敵人攻擊的狀態。俗說貓死前會躲起來不讓飼主發現，也是在四處尋找安全的地點的過程中死掉了吧。

但我的小不點不一樣，儘管俗說如此，奶奶也總是告訴牠：

「小不點啊，你要死的時候，可得悄悄地死在外頭啊。奶奶實在不忍心看到你死。」

但小不點是死在家裡。

將死之前的小不點非常不可思議。那陣子的牠似乎完全聽得懂我們飼主說的話，只要談論牠、提到牠的名字，看似熟睡的牠就一定會抬起頭來看我們。小不點原本愛乾淨，大小便規矩特別好，年輕的時候即使生病，也非要下去庭院大小便不可；然而死前半個月左右，不知道是不是老糊塗了，還是懶得動了，有一次竟在客廳座墊上拉了兩顆硬屎。因為牠看起來愈來愈衰弱，我也沒法像以前那樣嚴厲責打牠，不過看到牠準備進房間來找我，我還是忍不住罵道：

「混帳東西，看你幹的好事！這可惡的老貨，以前教你的規矩都忘了嗎！」

結果牠彷彿聽懂了那斥責的語氣，在門口折返，垂頭喪氣地走掉了。時至今日，我依然能清楚回想起那個背影。

聽說還有一次，小不點跑進二樓的廁所，一樣在地板拉了硬屎，但牠打翻了立放在地板角落的廁紙，拉出長長的一條蓋在上頭，就像要掩蓋自己的糞便。大家都說小不點就快成精，變成貓妖了。

小不點死前三、四天，聽說牠一早什麼也沒吃便離家，我擔心不已，就在我一如往常用餐時，外頭稀罕地傳來活潑且極悅耳的貓叫聲。附近有隻貓就是這種叫聲，我以為是牠，但那隻貓不會跑到我的房間外頭，所以我猜應該還是小不點回來了，拉開紙門一看，鑽進來的果然是小不點。但我從來沒聽過小不點發出那樣悅耳的叫聲，因此到現在仍百思不得其解。

叫了一聲，要人打開紙門後，小不點便一下鑽進屋內，穿過暖桌和書堆中間狹窄的地方，踩過我的膝上，貼在我的左側睡下了。我剛好在吃茶碗蒸裡的雞柳肉，而且聽說小不點從一早就沒吃東西，又剛好是晚飯時間，所以認定小不點一定像平常一樣，是來討吃的，於是將嚼爛的雞肉放在掌心，呼喚小不點的名字，但小不點頭也不抬，我不耐煩起來，捏起牠的後頸，將放著雞肉的手掌伸到牠的鼻頭前，牠卻看也不看。我想是太暗了牠看不清楚，把牠拎到平常坐著吃飯的位置，將雞肉放在前方，但牠依舊不吃。如果我再次把牠抱起來，溫柔地抱抱牠就好了，但因為牠先前的叫聲實在太有活力，我沒有意識到牠病了，直接把牠拎到牠平常愛躺的我背後略寬敞的位置放下，沒想到用力過猛，好像撞到旁邊的鐵製菸灰缸，但小不點很快又趴到我的左側躺下了。最後因為牠實在太萎靡，餐桌旁的內子說小不點模樣不太對勁，我才抬起牠的臉細看，只見牠大大地睜著一雙空洞的眼睛，毫無反應。雖然確實古怪，但看起來也不像是死了，這時固定看診的貓醫生剛好來訪，說小不點雖然已經好了，但為了慎重起見，再回診個一、兩次比較保險。我抓緊機會，叫女傭把貓抱去給醫生看，說明牠全無食欲的事，結果醫生說：

「心臟有點衰弱。」

除了之前都會打的盤尼西林外，又打了一針強心的樟腦，樟腦似乎不怎麼見效，但一時半刻也無可奈何。

「明天早上再來看看吧。」

醫生就要告辭，內子出來說不忍心看到小不點死在家裡，拜託醫生把牠帶去醫院。

「住院的話，醫院是賺得比較多，但貓這種動物很戀家，有時光是換個環境，就會因此緊張過度而死，反而可憐，所以我不好讓牠住院。請讓牠保持溫暖，待在陰暗的地方吧。」

醫生交代完便回去了。我完全沒發現小不點病得這麼重，明明沒食欲，卻粗魯地硬逼牠吃東西，實在太可憐了，也覺得這可能害牠的心臟病惡化。但是隔天早上、再隔天，小不點都一直昏睡，就連天天餵牠的熟人叫牠，牠連尾巴都不動，只是無力而細微地呻吟應答。不過第四天傍晚，醫生說牠的心臟似乎恢復了一些活力，但那似乎是迴光返照，隔天早上醒來，家人說小不點已經走了，我過去一看，永眠的小不點就躺在小紙箱裡，就像生前經常把手搭在我的膝上那樣，一手放在堆在裡面的我的待洗襯褲上。失去光澤而褪色的肚子上，放著兩朵應該是內子從庭院摘來的盛開花朵。小不點在三月二十四日黎明過世，這天碰巧是家父的月祭日。

小不點一手擱在旁邊，看起來並未特別痛苦，然而我才看上一眼，淚水便決堤而出，只能勉強唸了十聲佛號，一想到總是來到我身邊，偎著我入睡的小不點已經不在了，淚水便止不住地流。

這天傍晚，我心想世上有些父母的孩子遭人綁架殺害，而我只不過是死了一隻貓，就哭成這樣，對那些人太過意不去了，決心再也不哭，卻還是悲痛不已，便誦了一句詞詩以為餞別：

寒春偎吾膝安眠

然後等待明天貓醫生來處理遺體。原本我打算把小不點葬在庭院角落，但有人說這樣反而容易觸景傷情，決定改葬在深大寺的萬靈塔。塔位有上中下三種等級，上等是一萬圓、中等是五千圓、下等是三千或兩千圓。聽說池田首相的貓葬在上等塔位，我想小不點雖然不是什麼名貴的貓，但得到的寵愛絕對不下於池田首相的貓，非要把牠安葬在上等塔位才甘心。

「抱歉沒能治好小不點。」

醫生前來致哀，和帶來萬靈塔的人一同帶走了小不點，然後我才想到，不該用「小不點」（チビ，chibi）這麼俗氣的名字，起碼也該給牠一個體面一點、譬如「知美」（chibi）這樣的名字下葬才好。

旁人安慰說，從小不點只有巴掌大、裝在兒子的外套口袋裡帶回家的時候開始，我養了牠十年以上，還讓牠看醫生，盡心盡力，因此就算小不點走了，也算是了無遺憾。但我還是傷心極了。

怎麼會傷心成這樣？為了忘卻悲傷，我尋思其中的理由。

人不管再怎麼親密，仍擁有各自的世界，是只有一小部分彼此接觸或重疊的圓。相較之下，貓狗卻是完全被人納入內在，就像同心圓一樣吧。而且人完全無法推估貓的想法，都是以自己的觀點去詮釋、理解牠們的一舉一動，因此那與其說是貓的生活，其實更接近自己的感受。小不點是我這十多年來生活的一部分，小不點死去，形同我自身的一部分一同死去，因此會比其他人類的死更令我悲痛，也是當然的。

小不點死後不久，今年春天也有陰雨綿綿或下雪的日子。如果小不點以那種虛弱無力的狀態跑出家裡，就這樣好幾天沒有回來，肯定會在這樣的雨雪交加中死在某處，讓我們永遠牽掛不已。牠願意回家來，死在家裡，我應該將它視為最起碼的安慰吧。

然而在家裡，不論是庭院或屋內，各個角落仍有著小不點的身影。都已經過了一個月以上，而且死的只是一隻貓，我卻怎樣都忘不了。我想將它寫下來，或許就能釋然，抱著這樣的期待開始動筆，然而昨晚想起今天要寫的內容，又悲傷地淚流不止。然後我在淚水中這麼想：

等到我身後，前往西方極樂世界時，可能會有一隻目光炯炯、宛如小老虎的威風虎斑貓突然撲上來抱住我的小腿嬉玩，把我嚇得差點跳開。

「是我，小不點，謝謝你好心照顧我。」在這裡，小不點也會說人話。牠說：「令尊說：『你跟我同一天來到這裡，又曾經跟我兒子住在一起，很了解我兒子。』非常照顧我，我在這裡成了令尊的貓喔！」

貓、螞蟻和狗

梅崎春生

近來身體總覺得倦怠。說不出的倦怠。全身關節都在作痛。不光是身體，精神上也煩悶極了。也許是季節的緣故。每當我坐到案前準備寫作，膝蓋和尾椎一帶的神經便突然隱隱發疼，逼得我不得不離開桌前，結果疼痛立時消失無蹤。如此神祕的神經障礙，應是老天爺在叫我別工作吧！

傑羅姆．K．傑羅姆（Jerome K. Jerome）有部小說《三人同舟》（*Three Men in a Boat, To Say Nothing of the Dog!*），其中有一段提到，書中主角某天在讀醫學類書籍，發現自己簡直是萬病纏身。我也一樣，每當在報章雜誌上看到成藥廣告，總會發現其中絕大多數的症狀都符合我的情況，心頭為之一驚。就彷彿市面上的成藥都在等著我去買。

但我沒有財力買下所有的成藥，因此決定再也不去看這類廣告，胃痛就服用日本當藥，腸子作怪就服用中日老鸛草，幾乎全依賴漢方中藥，但中藥也許是效用緩慢，似乎還沒有出現明確的效果。不過近來我漸漸愛上了這些中藥的氣味。這種氣味讓人心神寧靜，並撩撥起幽古思情，讓我萌生寫寫私小說[21]的念頭。我正在撰寫的這篇文章，似乎也充分反映出中藥氣味的影響。

就這樣，某一天我年少的畫家友人秋山來訪。他一看到我便驚呼：

「你的氣色怎麼這麼糟！」

「嗯，身子好像有些疲倦。」

我詳細說明症狀。這段期間，秋山沒有說話，睜大眼睛觀察我的臉色。

「中藥才沒有用！」一聽我說完，秋山便斬釘截鐵地說。「你最近一定淋到雨了吧？」

「嗯，這麼說來，大概一個月前，我在新宿遇上陣雨，淋得像隻落湯雞。」

「果然，我就猜一定是這樣。」秋山憤憤地彈了一下手指。「居然在新宿淋成落湯雞，你簡直太傻了。這種時候就該進入柏青哥店，不僅可以躲雨，還可以打發時間，而且還能贏到許多香菸——」

「嗯，可是我不太喜歡柏青哥。」

秋山是個柏青哥痴，並且企圖將我洗腦加入柏青哥黨，某天還嘿咻嘿咻地扛了一臺二手柏青哥機臺到我家，說是從歇業的柏青哥店用三百八十圓買來的。在想要增加同好這一點上，看來柏青哥與甲基安非他命十分相近。我將那臺柏青哥擺在簷廊，連續一星期每天叮叮咚咚地打，卻一點都不覺得有趣，甚至違背秋山的期待，反而對柏青哥心生厭惡起來了。與其進柏青哥

21 私小說是日本近代文學特有的小說類型，以作者自身為主角，揭露其真實經驗和心境。

店，我情願被雨淋；再說，柏青哥店裡的噪音吵得像地獄，會讓我頭痛。我有些心虛地說出這些理由。

「果然是那時候淋到雨，染上潛伏性感冒了嗎？」

「不是的，你居然還這麼悠哉！」秋山一臉憐憫地看我。「是放射線汙染啊！」

「放射線？」

「沒錯，是比基尼環礁[22]的灰。雨中含有比基尼環礁的灰，滲透到你的身體裡面了。」

「這是真的嗎？」

我有些狼狽地問。

「當然是真的。你去最近的醫院看看就知道了，到處都是白血球減少的病人。這年頭居然敢滿不在乎地淋雨，簡直太不知世事了。我家也才剛把屋頂整個翻修，好防備放射線雨漏進來呢。」

說到秋山的家，那是他三年前買的老房子，外觀一看就覺得會漏水。這屋子來歷古怪，雖然是秋山出錢買的，但名義不是秋山，而是一個叫杉本的人。這位杉本某人怎麼了呢？他在幾年前因為犯下詐欺罪還是其他罪嫌逃亡，目前下落不明。中間又有第三國人[23]介入，雖然出錢的是秋山，但那棟屋子卻不能明確地說是屬於秋山，關係相當複雜。這件事我另外寫成了小說，因此這裡省略不提，簡而言之，會搞成這種狀況，全是因為秋山太不知世事的關係。然而，如今我居然被這個不知世事的秋山搖頭嘆息說不知世事，更教人氣急敗壞了。但表面上我裝作若無其事：

「我只有那天淋到雨而已。如果說這樣就會遭到放射線汙染，那每天淋雨

22 比基尼環礁（Bikini Atoll）是馬紹爾群島的一處堡礁，美國從一九四六至五八年，在此地進行過多次原子彈試爆。

23 指居留於二戰後聯合國占領下的日本的舊日本殖民地人民（臺灣人及朝鮮人等）。

的人，像是郵差還是蕎麥麵店外送員，豈不是都該病倒了嗎？」

「外行人就是膚淺，才會這樣想。」秋山自信十足地斷言。「看來你完全不了解放射線與白血球的關係。白血球是哪裡製造出來的？是肝臟。聽著——」

因此肝臟不好的人，即使只是接觸到一點點放射線，也會立刻受到影響，造成肝功能衰弱，白血球生產量銳減——這是秋山的理論，我覺得頗不可信，但為了慎重起見，再問了一次：

「你好像站在我肝臟不好的假設上在討論，可是——」

「這不是假設，是事實。」秋山瞪著我說。「你每天晚上喝那麼多酒，肝臟怎麼可能正常？你這就叫做心臟太大顆。」

肝臟不好，心臟太大顆，那豈不是沒救了？

「那我問你，肝臟在哪裡？」

結果秋山略顯狼狽，兩手在自己身上四處亂摸，就好像在尋找肝臟的所在。他肯定不知道肝臟的正確位置。因此我乘勝追擊：

「而且會淋到雨的不只有人而已，牛馬不用說，鳥和昆蟲也會淋雨，可是牠們卻都活蹦亂跳的，這又怎麼說？」

「動物也會因此衰弱或死掉啊。」秋山重振旗鼓。「你並沒有仔細調查過吧？動物都衰弱得快死了。像卡羅，這陣子整個失去活力了。」

「咦？你說卡羅嗎？」

卡羅是我家歷代的貓名，連續三代都早死，所以我打算別再養了，秋山卻覺得這樣的傳承斷了可惜，特地把自家的小貓裝進籠子裡提到我家，這就是第四代卡羅。柏青哥機臺也好、小貓也罷，這傢伙就愛把各種東西往我家丟。

卡羅來到我家後，迅速成長，一下子就肥得教人看了礙眼。

秋山說，卡羅的母親是隻血統純正的貓，因此卡羅也具備充分的教養，但我絲毫不這麼認為。卡羅是隻黑白貓，長得也不怎麼俊秀，個性在歷代卡羅中是最刁鑽的一個，會抓或咬小孩子的手。小孩想要和牠玩而抱牠，牠卻惡狠狠地抓咬人家的手，一點都不合群。同時也許是為了讓牠的利爪發揮最大的效果，牠每天都在簷廊或窗套上磨爪子。因此我家的孩子，臉和手腳總是帶著傷。

爪子磨得那麼勤，那麼卡羅很會抓老鼠嗎？不，牠完全不抓。即使老鼠就在附近窸窣作響，牠甚至連耳朵都不會豎起來。總覺得卡羅是知道抓老鼠對我們家有好處，而刻意放任老鼠的。那麼卡羅會抓什麼？牠會抓蜥蜴、蛾、土撥鼠等等。就算抓那種東西，家裡也沒人感謝，只覺得噁心。尤其是土撥鼠，土撥鼠因為都鑽進土裡，所以才叫土撥鼠，卡羅卻不知道用什麼法子抓到，叼上簷廊來。土撥鼠的屍體說不出的醜怪，我和家人看了全都尖叫逃竄，這時卡羅便會面露得意的微笑，追逐東奔西逃的我們。鬧成這樣，根本不知道誰才是主人了。就任於我家期間，卡羅抓了約五隻土撥鼠。

同時，卡羅說好聽是野心勃勃，說難聽就是個自以為是的蠢貓，老愛追捕飛到庭院的麻雀。牠會躲在樹叢後方，麻雀一降落便猛地撲上去，但麻雀畢竟還是飛得比較快，沒有一次被牠得逞。麻雀有翅膀，但卡羅沒有。卡羅會追著麻雀盲目地衝上庭院樹頂，就自以為追逐到半空中了。這要是一般的貓，像這樣試過四、五回，便會知難而退，卡羅卻不死心，學不乖地繼續躲在樹叢後方伺機獵捕。我覺得這貓實在太蠢，但每到彩券發售日，我就會興沖沖地跑去買，心想這回準定能中個兩百萬圓，因此也沒什麼資格笑卡羅。我也幻想如果卡羅抓到麻雀，就要搶過來做烤鳥，但卡羅終究連一隻都沒有抓到過。

卡羅的罪狀當中，最可惡的一項就是在火盆裡大便。這給家裡造成了天大的麻煩。明明廚房夯土地上放了裝沙子的木箱給牠用，牠卻偏要跑到火盆裡排泄。當然，火盆裡有炭火的時候牠不會這麼幹，因為會火燒屁股。空火盆裡的排泄物被灰掩埋後，除非留神細看，否則難以發現。如果直接放入炭火，這下可不得了了。經炭火加熱後的貓屎散發出來的惡臭，若非親身經歷，是不可能了解的。那氣味似乎會讓人萌生極端的厭世念頭，真正是絕望的惡臭。那味道不只是充斥屋裡，甚至會飄出外頭，有一次在我家庭院忙活的園丁聞到那味道，還從梯子上摔下來，扭傷了腳踝。

因此不用火盆的時候，我們會打開折疊式棋盤蓋起來，但有時也會忘記。一旦忘記就完了，卡羅隨時都在虎視眈眈人忘記蓋蓋子的機會。看來卡羅的屁股對灰有著莫名的執著。更糟糕的是，後來卡羅學會怎麼把折疊式棋盤撥下火盆，迫使人類另尋重物來壓蓋子。卡羅是隻肥貓，粗笨有力，即使疊上五、六本《小說新潮》雜誌，也會全被牠撥下來。後來家人實在受不了，召開家庭會議，一致同意把卡羅抓去丟掉。

某天晚上，我將卡羅包進包袱裡，提到離家約一町[24]遠的神社境內丟掉。當然，卡羅激烈反抗，還從包袱裡伸出前腳，把我的手背抓出血來，但我堅毅不撓，抵達了境內，丟下卡羅，一溜煙跑回家。我立刻治療手傷，喝了點小酒慶祝。到這裡都還好，然而隔天早上起床一看，卡羅竟滿不在乎地蹲在簷廊一隅，正勤奮地磨爪。我半是沮喪，半是怒火中燒。「喂，卡羅跑回來了！」我大吼。「好，今晚要把牠丟到絕對回不來的地方！」

這天晚上我真是卯足了勁。先是把凶暴的卡羅包進包袱裡，再放進菜籃子，晚上八點左右從自家出發，提著籃子走了快一個小時。為了打亂卡羅的歸巢本能，我四處拐彎繞路，因此以直線距離來看，或許其實並不多遠。總之我來到一處安靜的住宅區，對著某戶住家圍牆，「嘿！」地一聲，把整個菜籃子扔了進去，再次拔腿狂奔，沒想到因為繞了太多路，打亂了我自己的歸巢本能，終於迷了路。我沿途向人和派出所問路，總算回到家時，都已經過了十一點。家人因為擔心我，都醒著沒睡。

「沒問題了。」我說。「我把牠丟進遠到不能再遠的人家庭院了，不必擔

24 約一〇九．一公尺。

心牠會再跑回來。」

「菜籃和包袱巾呢？」

「一起丟掉了。」

「這怎麼行呢？那條包袱巾上繡了我們家的姓氏啊！」

「啊，糟糕。」

我這才發現自己捅了婁子，但既然錯都犯了，也沒辦法。我擱下這事，當晚又喝酒慶祝。不管是遇上開心的事還是難過的事，我似乎就是要藉機來杯小酒。

然而這回也是，第三天中午左右，卡羅又回來了。牠鑽過庭院籬笆，一枝箭似地衝上簷廊。仔細一看，牠的尾巴膨脹成平常的三倍大。貓這種動物只要遇到可怕的事，尾巴就會膨起來。看來牠在回家的路上，肯定遭遇了各種恐怖和苦難。

「居然又回來了。」我嘆息道。「既然如此，那也沒法子。比起把卡羅丟掉，還是把火盆收起來吧。這樣省事多了。」

因為也漸漸進入不需要火盆的季節了，我們便把火盆收進壁櫃深處。卡羅似乎到處找了火盆兩、三天，但憑貓的智慧，實在不可能察覺火盆藏在壁櫃裡，沒多久就放棄了。

然而才剛回心轉意要繼續養卡羅，短短一星期後，卡羅又闖禍了。牠攻擊別人家的雞，把人家弄傷了。

那是一隻雄壯的公雞，身高達二尺[25]有餘，不清楚是哪一戶人家養的，興趣似乎是散步，偶爾也會逛到我家庭院來。牠傲然漫步我家庭院，不停地啄食東西，我好奇地看牠在吃什麼，原來是螞蟻。我第一次看到雞吃螞蟻。螞蟻有蟻酸，似乎是酸性的，既然會吃螞蟻，應該是有胃酸缺乏症之類的毛病

25 約六〇・六公分。

吧。

但雞這樣亂啄螞蟻，讓我有些困擾。

家中庭院有許多螞蟻，多達四種，分別據地築巢。住在花壇邊緣石頭底下的是大型蟻，牡丹花下的是中型蟻，門柱旁的是小型蟻，地板下方則住著肉眼看不見的超小型紅蟻。我對這種超小型蟻沒興趣，因為太小了，無從感興趣。至於其餘三種螞蟻的生態，我都相當好奇。也不是好奇牠們的生態，其實是對玩弄牠們更有興趣。

螞蟻窩的結構似乎相當複雜，大中小哪一種螞蟻窩都行，如果把吸管插進洞口之一，吹入香菸的煙霧，其他所有的洞口，連遠到難以想像的小橫穴都會冒出煙來。裡面的構造似乎比上野車站的地下道還要複雜。螞蟻好像討厭水，但對香菸的煙似乎不太在乎。

不過拿漏斗灌水到螞蟻洞裡的遊戲就一點都不有趣了。因為就算灌入一整桶的水，水也不會滿出來，像無底洞似地全被吸進去。裡頭的螞蟻、螞蟻蛋或食物也許淹了水，正一團混亂，但因為看不見，一點樂趣也沒有。

把沙堆的沙子過篩後，只留下細沙，倒入螞蟻洞裡，這就好玩了。有些洞即使很大，也一下子就填滿了，也有些洞雖然小，卻能無止盡地吞入沙子。倒進沙子，螞蟻便會驚慌失措，地面的螞蟻會東奔西跑努力修復，裡面的螞蟻應該也是一樣。然後不到兩小時，沙子便會完全被移除，洞口恢復原本的形狀。螞蟻的勤奮實在教人驚奇——雖然裡頭也有些懶惰鬼。

我將細沙倒入牡丹花下的中型螞蟻窩，一待恢復原狀，立刻再倒入沙子，花了兩天，進行了十幾次的灌沙攻擊，結果螞蟻似乎也是會動腦的，它們將豎穴全數改造成了橫穴。橫穴洞口即使灌入沙子，也只會堵住入口，無法深入其中。

螞蟻這玩意兒不知道是因為無聊還是迫於需要，成天都在修補巢穴。不是開挖新的洞，就是填掉舊的洞，汲汲營營，日無暇晷。我會在這些勞動現場，也就是洞口附近，放上一小撮砂糖，如此一來，螞蟻便會立刻顯現出不同的個性。

第一種是明知道有砂糖，卻不屑一顧，埋首工作。

第二種是澈底放棄工作，一頭栽進砂糖堆裡吃起來。

第三種是中庸型，吃幾口糖，然後工作。

就是這三種類型。之前我也放了一小撮砂糖觀察，結果洞穴裡爬出一隻頭部格外碩大的螞蟻，把我嚇了一跳，只見牠撲向埋頭吃糖的螞蟻，一隻隻把牠們給咬死了。我對螞蟻的生態毫無所悉，但就看到的來推斷，這隻螞蟻似乎是類似憲兵的角色。居然有這樣的狠角色，看來螞蟻的世界住起來也不輕鬆。

大中小三種螞蟻在我家庭院，大致上似乎各據一方，不會彼此鬥爭，但我可以製造人為的廝殺。譬如說，翻開花壇的石頭，迅速地用鏟子鏟起群聚在底下的大型蟻（有些有翅膀），火速送至牡丹花下，倒在中型蟻的洞口附近。大型蟻會對環境突然的變化周章狼狽，四處亂竄，有些還會鑽進中型蟻的洞裡，導致中型蟻誤以為是敵軍來襲，爆發猛烈的廝殺搏鬥。照常理來想，大型蟻似乎比較強，但大蟻正驚慌失措，這裡又不是主場，而且中型蟻源源不絕地從洞穴裡爬出來，一隻大型蟻遭到三、四隻中型蟻圍攻，情勢險峻。一眨眼之間，雙方屍首遍地，能逃的都逃了，現場逐漸平靜下來。有翅膀的螞蟻絲毫沒有戰鬥力，不是四處亂跑，被活活咬死，就是直接飛走。我一直以為螞蟻的翅膀只是裝飾品，原來真的能飛，而且似乎具有不錯的飛行能力。

這人為的搏鬥，把大型蟻放到中型蟻、中型蟻放到門前小型蟻的地盤時能夠成立，但相反的情況就打不太起來。比方說把中型蟻放到大型蟻的巢穴，中型蟻會整個嚇傻，無法應戰，落荒而逃。即使不小心爬進大型蟻的洞口，也會被守衛蟻一口咬死，完全打不起來。

據我觀察，我家的螞蟻中最封建的是大型蟻。說是封建，也只是看上去的感覺，理由之一，就是大型蟻的洞口一定都有衛兵。稱得上是巢穴正門玄關的大洞口處，隨時都有約五隻衛兵，其餘依據洞口大小，各別派有三隻或一隻衛兵。中型蟻和小型蟻雖然偶爾可以看到類似衛兵的螞蟻，但似乎不是常任守衛，相較於大型蟻，感覺民主一些。說是民主，但仍有類似憲兵的螞蟻，因此完全只是相較而言而已。

關於螞蟻，我還有許多可以談的，但實在沒完沒了，就此打住好了。總之，附近的公雞會來啄食這些可愛的螞蟻。我家的孩子把這隻公雞取名為「重機」，因為假設一般的雞是自行車，這隻雞就有如重機般威風凜凜。有一天，卡羅攻擊了這隻重機。

重機明明是別人家的雞，卻跋扈地在我家庭院遊蕩，卡羅似乎從以前就看牠不順眼。之所以一直放任到今天，應該是因為重機實在太堂而皇之，並且尚未找到破綻可以下手。這天重機有些疏於防備，而且四下張望，也沒看見卡羅的影子。也難怪重機看不到，因為卡羅爬到柿子樹上去了，所以重機也就放心地四處啄螞蟻。這時卡羅從柿子樹上一躍而下，撲上重機的背。

刺耳的尖叫聲與低吼聲此起彼落，羽毛漫天飛舞，當重機迅速移動雙腳，重整戰鬥態勢的時候，卡羅早已一溜煙衝上簷廊了。等於是出其不意，打了就跑。重機被抓得全身是傷，腳好像也受傷了，一跛一跛地鑽過籬笆撤退。

孩子們開心地撿拾散落庭院的羽毛，插在帽子上玩。

我寫信給秋山，詳列卡羅至今為止的種種罪狀，以及這回牠不僅為害家中，甚至傷及附近人家的雞。這回只是弄傷了雞，萬一將來把雞給咬死了，我可能必須負起賠償責任，如此一來，傷腦筋的會是我，雖然難以啟齒，但希望將卡羅歸還府上，不知意下如何？我這樣詢問秋山。因為不好意思，我沒有說出其實之前把卡羅丟掉兩次的事。

寄出信後第三天，秋山來訪了。他帶了個舊籃子，看來準備當場把卡羅帶回家。他一看到我便說：

「卡羅居然做出那麼壞的事？」

「就是啊。雖然或許是因為我管教不周。」

「我想也是，畢竟牠是個血統純正的貓。」秋山一臉不悅。「那，我把牠帶回去吧。」

於是我將秋山請入屋裡，也不是代替餞別的柴魚塊，張羅了一頓飯款待他。酒足飯飽後，秋山將卡羅塞進籃子裡，搭上計程車回去了。基於禮貌，計程車錢由我支付。秋山家離我家超過十公里以上，而且又是夜裡搭計程車，這似乎也大為擾亂了卡羅的歸巢本能。等於是我的計謀順利成功。

以下的事是秋山告訴我的。當晚下了計程車回家後，打開籃子，卡羅一樣衝出庭院，在秋山家周圍繞了七、八圈。除了打量這新家的外觀及大小外，似乎也是為了調整方向感。秋山夫妻默默地看著，結果卡羅瞪著夜色，頻頻歪頭，然後似乎下定決心，朝著西南方跑了出去，一眨眼便消失在黑暗中。我家確實大致位於秋山家的西南方。

但卡羅終究沒有出現在我家。第七天，牠再次回到了秋山家。應該是不管怎麼走都找不到我家，死了心決定回秋山家吧。據說牠整個身子瘦了一圈，又被當時下著的雨淋成了落湯雞。秋山立刻把牠抱到簷廊上，用毛巾擦拭全身，餵牠喝了牛奶，卡羅這才恢復過來，喵了一聲，也就是在表示牠願意被養在秋山家。

不過秋山家還有一隻貓叫瑪麗，是卡羅的母親。瑪麗和卡羅不一樣，身材非常嬌小，幾乎讓人無法想像這麼小的貓居然能生出卡羅這樣胖碩的大貓來。卡羅出生後不久就被送到我家，所以好像不知道瑪麗是自己的母親，瑪麗似乎也不把卡羅當自己的兒子。貓本來就是冷血無情的動物，這也是應該的吧。

就這樣，秋山家的貓變成了兩隻。既然成了兩隻，飯量也加倍了。說到秋山家是怎麼餵貓的，他們把兩隻貓的飯一起放在大盤子裡擱在廚房，瑪麗會先去吃，卡羅則坐在稍遠處，靜靜地等瑪麗吃完。瑪麗吃飽了，離開盤子，卡羅再去吃剩下的，從來沒有一次是卡羅先吃。體力上卡羅看起來比較強，卻對瑪麗客氣三分。食量也是，瑪麗會吃掉三分之二左右，因此卡羅只能吃到三分之一，等於只有瑪麗的一半。

「果然是放射線害的。」秋山語帶確信地說。「牠為了想回你家，在街上流浪了一個星期之久，那個星期下了不少雨，所以牠淋成了落湯雞，全身都被放射線侵蝕了。所以胃口減少，整個人失去了活力。」

「應該相反吧，因為吃得太少，所以才提不起精神吧？」我反駁說。

「才沒這回事呢，如果牠真的那麼餓，應該會推開瑪麗搶著吃。」

「牠是在對瑪麗客氣。因為貓好像不是認人，而是認家。既然是認家，先住在那裡的貓，權力當然比較大。」

「才沒這回事呢。」秋山堅持。「一定就是放射線搞鬼。你最好也當心點。聽說世田谷區生產的蔬菜放射線特別強。」

「是嗎？」我半信半疑地點點頭，等於是被秋山的氣勢給說服了。

這麼說來，還發生過其他奇妙的事。我們家有隻狗叫艾斯，是自己從別處跑來的，就這麼養下了，但最近牠有些無精打采。艾斯的小狗屋在我家玄關旁邊，也是秋山替牠蓋的，木板打造，頗為豪華，入口甚至掛了個門牌：「梅崎艾斯」。不過再怎麼豪華，畢竟只是狗屋，只有一個房間，不是套房。

艾斯約兩個月前就開始變得莫名神經質，尤其害怕煙火的聲音。附近的商店街會為了炒熱氣氛而放煙火，艾斯一聽到那聲音就會嚇得驚恐萬狀，踩著髒腳逃進屋子裡來。牠似乎害怕待在只有一個房間的狗屋裡。這隻狗體型相當大，又處於驚嚇之中，我們得費上極大的勁，才能把牠攆出屋外。牠會撐直了四肢不肯離開，人只好抓著牠的項圈拖行。婦孺實在沒辦法，因此幾乎都是我來。

前陣子我不在的時候有人放煙火，艾斯又逃到簷廊上，直接踩進和室裡，一屁股坐在壁龕上，任人或推或拉，都不動如山。家人拿來蒼蠅拍拍打，牠也文風不動，據說足足在那裡賴了兩個小時之久。不久後我回來了，使盡九牛二虎之力把牠給扔出去，但實在不明白牠為何那麼怕煙火。艾斯被丟到外頭，眼神哀傷地看我，垂頭喪氣地鑽進狗屋裡了。「堂堂大狗，怕什麼煙火，簡直太不像話！」我半是生氣地罵道。「連煙火都怕，小偷和推銷員上門怎麼辦？我要用曝露療法，矯正你的膽小！」

於是我上街去買了二十支老鼠炮。一支五圓。然後鍊住艾斯的項圈，把鍊子另一頭綁在竹籬笆上。艾斯不安地抬眼看著我的一舉一動。我告訴艾斯，這都是為了治好牠的膽小，慢慢地將三支老鼠炮放到地上。艾斯不曉得是懂還是不懂，眼神驚恐地看著那些鞭炮。家裡的人都站在簷廊看著。人也是一樣，如果發瘋，就會採取電擊之類的激烈治療手段，區區老鼠炮，一點都算不上粗暴。只要放上二十支老鼠炮，艾斯應該也會習慣這聲音。這就是我打的算盤。

我擦亮火柴，同時點燃三支老鼠炮。結果三支炮分別朝三個方向竄去，咻咻咻地噴出火燄，小老鼠似地團團亂轉起來。艾斯見狀，驚嚇地吠了一聲，拚命要逃，卻被鍊子鍊在籬笆上。那籬笆的竹子發出折斷的劈啪聲響。這一瞬間，旋轉的老鼠炮之一忽然彈了起來，迅雷不及掩耳地鑽進我的褲管內，燒焦了我的腿毛，「砰」地一聲爆炸。

據在簷廊看戲的家人說，那一瞬間我放聲尖叫，彈起了三尺[26]之高。艾斯則是拖著折斷的籬笆一部分，一溜煙地逃向正門。

我踉蹌地坐到簷廊上，捲起褲管。老鼠炮似乎爬上小腿、繞過小腿肚爆炸了。那裡的皮膚一下子紅腫起來。每個人都一臉嚴肅地探頭看。

「快、快點拿藥膏來！」我怒吼道。「不快點上藥，我會死掉的！」

家人急忙拿來藥膏，替我抹著：

「嗳、嗳，起了這麼多水泡，一定很燙吧？」

26 約九〇・九一公分。

「燙死我了，我都以為世界末日了！」我說。「輕點、輕點，別抹那麼用力，皮都要被你掀掉了。」

結果這些燒燙傷花了兩星期的工夫才痊癒。就是傷得這麼重。因為實在太氣人了，剩下的十七支老鼠炮，我全部丟進附近的臭水溝裡了。對艾斯的曝露療法也就此不了了之。只因為我想到了這種療法，不僅害自己受了嚴重的燒燙傷，還弄壞了籬笆，簡直是折了夫人又賠兵。

所以現在艾斯聽到放煙火的聲音，依然會侵入住宅。因此最近我們都用鍊子把牠鍊在狗屋，讓牠沒辦法跑進屋子裡，但如果煙火連續砰砰響個不停，艾斯還是會嚇得魂飛魄散，拖著沉重的狗屋到處亂竄。

如果問秋山，他一定會說這也是放射線的禍害。

重機自從遭到卡羅偷襲，似乎再也不敢踏進我家庭院了。那麼，螞蟻們就過得安居樂業嗎？但牠們似乎也因為連日來的長雨，連中間晴朗的日子也不太出現，感覺數量亦減少了一些。螞蟻因為在地底下築巢，只要下雨，雨水便會滲入巢中。那麼，我也實在無法斷定螞蟻減少不是因為放射能的緣故。不過我孤陋寡聞，不知道螞蟻有沒有肝臟就是了。

小貓

近松秋江

我膝下尚無子女，因此未曾經歷喪子之痛，但一次悲痛欲絕的經驗，讓我揣想倘若我有孩子，並不幸失去了這孩子，可能就是這樣的感受。

我這人頗為我行我素，卻用情極深，這是不爭的事實。這不是在自吹自擂或妄自菲薄，完全是如實描述。

有一次我疼愛的小貓忽然失蹤，我憂鬱成疾，整整七天以淚洗面，不斷地想著我的小貓。就是那個時候，我想到雖然我沒有孩子，但失去孩子的父母悲痛，應該是猶過之而無不及吧。

我的友人家裡養貓，生了四、五隻小貓。友人亦是個愛貓成痴的人，和母貓一同寵溺地將這些小貓養大。不管是貓撕破紙門、抓破榻榻米，亦完全不以為意，家中無時無刻都有五、六隻貓絡繹往來。

我和友人說好，要了其中一隻毛色最美、尾巴不算太長，眼睛還沒睜開就肥肥胖胖的貓崽子，並說最好讓牠盡量吃奶吃久些，留在母貓身邊直到長大再給我。

但是隨著四、五隻小貓日漸成長，因為實在太會搗亂了，友人說：

「快點把牠帶走吧，我受不了了。」

友人家的書生很會應付貓，他把精力旺盛到處亂抓的那隻小公貓揣入懷裡，隨我一同從友人家把貓送至路程頗遙遠的我家來。

那是一隻活潑可愛、大膽頑皮的貓。牠的花色黑斑較多，脖子周圍有純白色的斑紋，就好像戴了項圈，尾巴和後腳是白的，圓圓胖胖，就像隻小熊。——我喜歡熊。我都三十好幾了，有時卻會因為無聊，一個人去動物園閒逛，每次都站在熊的展區看上最久，想要與熊一同嬉玩。——我也會和貓玩。自從養了貓以後，貓真正成了比任何人都還要親的朋友。

那隻小貓因為內人叫牠「小小子」，我也跟著叫「小小子」，叫著叫著，很快地小小子自己也明白這是牠的名字了。

小貓經常歡鬧忘形，恣意搗亂。我們站起來走動，牠就會撲上褲管。「噓！」地斥責，牠會倏地退後，突然衝到另一邊的柱子竄上去。我覺得好玩，追趕上去，牠掉頭就跑，地上放著家父的肖像畫，牠衝向那幅裱框畫，躲進畫框與牆面之間的空隙裡。我從另一邊把躲起來的牠趕出去，牠跑我就追，結果這回牠爬到庭院的松樹上去了。我從底下追，牠便不停地往上逃。這種時候如果我假裝忘了牠，裝作沒看見，牠便又會從高處慢慢地爬下來，跑到我面前的枝頭上，向我挑釁。如果爬到樹枝太前端，會差點滑落，而小貓又還不太會運用自己的肢體，我就愛看牠手忙腳亂掙扎的模樣。

一開始內人特別為牠準備了廁所，教牠如廁規矩，牠卻還是會在被子上小便，教人頭痛。內人說「得好好教牠，讓牠學會才行」，把貓拎到沾滿貓尿的地方，說：

「看！都是你在這裡搗亂！不可以在這裡小便！」

然後把牠的鼻子按在小便漬上，用拳頭敲頭。我看內人打得太凶，勸道：

「別這麼殘忍！」

就像這樣，只要稍一不見貓的蹤影，我便會丟下一切，吵吵嚷嚷，到處找貓。

這種時候內人也會陪我一起找：「剛才好像還在這裡啊，跑去哪了？」有一回我們上上下下尋遍各處，結果發現牠不知何時被關在壁櫃裡，躺在裝破布的箱籠上，正香香甜甜地蜷成一團睡著呢。

「啊！親愛的，貓在這裡！」內人叫來在其他地方找貓的我，然後把貓抱過來：「真是！你怎麼啦？看你不見了，大家都在擔心呢。居然在這裡睡得那麼舒服，睡飽了嗎？」把牠放到榻榻米上，牠便邋遢地把小小的身體拉得長長的，打了個大哈欠。但那副模樣實在難看，我不喜歡。

如此疼愛的這隻貓，有一次把我和內人嚇得都給折壽了。貓掉進水井裡面了。我這輩子從來沒有如此心急如焚過。

當時我們住在小石川的某個高臺，那裡有一座深得可怕的井，光是打水就很辛苦。

然而那隻小貓有時卻會爬上那口井的井欄——這要是大貓，即使是動物也還有點小聰明，不會幹這種蠢事。內人看了總是嚇得半死，不敢驚動，小聲地喊：「小小子！」這樣一來，小貓便會平安無事地跳下來。

某天我們正在用午飯，突然聽見貓發出難以形容的難聽叫聲在哀嚎。內子第一個聽見，口中含著飯說：「啊！是貓掉進井裡了！」當場擱下碗筷，說著「我就知道遲早會出事……」跑出木板地房間，衝向水井。我也跟著跑過去。

朝井底一看，不出所料，貓掉進裡面了。但奇妙的是，牠沒有摔進水裡。眾所皆知，大部分的水井都是上方有個桶身，下方以紅土鞏固側邊，接下來在底部有水的地方再嵌上桶身，因此幾乎與水面平行的桶身的邊緣及外側紅土的部分，有一圈狹窄的差距，貓就是剛好掉到邊緣處了。可憐的小貓趴在那兒，叫得氣都快斷了。井口距離水邊有兩丈[27]之遙，我實在是無能為力。

我們圍在井欄邊，望著遙遠的井底，一籌莫展。

貓淒厲地不停哭喊。

「親愛的，該怎麼辦才好……？」

「………」我無法回話。

「是不是該叫鑿井的來？」

「叫鑿井的來也沒用。該怎麼辦才好？真傷腦筋。」

「親愛的，這樣下去牠會死掉的……」

「我知道！得快點想法子才行。真傷腦筋，該怎麼辦呢？」

我倆的聲音都快哭了，急得像熱鍋上的螞蟻。

「你看，牠哭成這樣……撐著點，馬上就救你出來了！……誰叫你要在這種地方亂跑！」內人悲痛地喊道，想要讓貓理解。

「去鑿井的那兒問問，或許會有什麼好主意，不過不必那麼麻煩，應該也有什麼法子可想吧。」

我說著，試著將吊水桶挪到貓那裡，牠卻淨是哭叫，完全不理會。我接著又說「那……等等，這麼辦好了」，將兩支長曬衣杆綁在一塊兒，一頭捲上座墊，好讓貓可以攀在上頭，伸到貓的旁邊去，然而小貓依然一動不動，睬也不睬，叫個不停。

「真教人頭大！該怎麼辦好呢？」

27 約六公尺。

「這可怎麼辦？」

束手無策地看著，感覺貓的生命正一點一滴地消逝，我們實在無法坐視下去。這種情況，各位讀者認為該怎麼做才能順利地將貓救出深井？

「啊！有個好主意！」我不禁拍了一下腿。

我立刻跑回和室，打開壁櫃，抱出裝舊雜誌的箱籠，將裡面的東西全倒出來，隨手拿了條細繩交叉綁住吊起來。

「來！這樣如何？」我說著，提著箱籠回到井邊。

我提著繩索，慢慢地把箱籠放入井底，靜靜地靠近小貓。——水井是圓的，箱籠是長方形的，因此我將短邊貼在井身上，這樣才能縮短貓與箱籠之間的距離。

常說貓狗相比，貓比狗笨多了，但若論動物的本能，貓其實也沒笨到哪裡去。我一把箱籠貼近過去，原本無論怎麼想方設法，都毫不理會只知道哭叫的小貓，一見箱籠貼到井邊，便立刻停止哭叫，當場爬進箱籠裡，戰戰兢兢地踏牢了小小的四肢，匍匐在正中央處，活像隻扁蜘蛛。

在上頭看著的我們頓時放下了心頭大石。

「啊！進去了進去了！」

「順利進去了。就算是動物，也明白進去裡面很安全，真聰明。」

我說著，將箱籠拉了上來。

「啊，上來了上來了，出來了。」

我把箱籠放到井旁，內人立刻摟住小貓：

「可惡的東西！看你還敢不敢在這裡亂跑！你一定嚇壞了吧？為了你，不曉得都折壽了幾年。……啊，看看你，嚇得魂都飛了。」

內人說應該給牠喝些牛奶，真的去買了回來，小貓喝個不停。一會兒後，牠便恢復如常，安安分分，到了晚上，又開始瘋癲起來。

小貓就像這樣，明白我們的用意，乖乖地進入箱籠裡，因此後來我益發疼愛牠，把牠當成最心愛的玩伴。內人老訓我「什麼正事也不幹，成天就知道玩貓」，但並非總是我去逗弄，貓也常主動跑來招惹我。

「嘿！」我發出追趕的聲音，牠便像彈出去的球似地一溜煙跑走，但很快又鬼鬼祟祟地一邊觀察，一邊湊近。當牠躲在轉角處紙門後面，快要露出鼻頭時，我便突然現身大喊：「嘿！」小貓就會嚇得扭身跳至半空中，真的跳起足足有兩尺之高，接著又噠噠噠地撤退到廁所旁的窗套處去了。不到三分鐘，牠再次躡手躡腳靠近我，跑來讓我嚇唬。像這樣盡情嬉鬧過後，我終於把牠抓到手，這回用手掌跟牠嬉戲，牠會用腳掌依然柔嫩的四腳輕巧地踹著我，用牠的小嘴巴啃我的指頭。牠的手腳充滿彈性，踹在手上，感覺真是說不出的舒服。我會把牠揣進懷裡，或是用自己的鼻子頂牠冰涼的鼻頭。

我是如此地寵愛牠，牠跟我也親得不得了，每當我要外出，牠從玄關就會開始喵喵哭叫，一路追到大門外來，我必須想方設法把牠趕回去，或是內人出來把牠抱回家。牠的毛色日漸亮麗，白色的地方更加雪白，黑色的地方一片烏亮。

每天晚上我都抱著小貓入睡。我會把牠裝進棉袍蓋被[28]的袖口裡，剛上床的時候，就像在餵貓喝奶哄睡似地，跟牠說些無聊的話，捏捏牠的小手，把指頭塞進牠的嘴巴逗弄，漸漸地貓和人都睏了起來，我便輕輕地撫摸牠的背，進入夢鄉。當我好好地熟睡一覺醒來後，貓總是已經爬出袖口，睡在我的墊被上。我總覺得翻身時會壓到牠，便在半睡半醒間輕輕地用腳把牠推至床尾，那團暖烘烘的軟毛蜷得像顆丸子似地，睡得不省人事，毫無抵抗地任我的腳推著移向床腳，就好像不是生物一樣。

接著我會再睡上一覺，神清氣爽地醒來時，天色早已全亮了，這時小貓總是爬上棉袍蓋被的天鵝絨衣領，在我的鼻子正前方又蜷成了一團。注意到我醒來，牠便喵喵一叫，從上方用牠柔軟的小手撫摸我的臉。這要是厭惡

28 棉袍蓋被是一種日本傳統寢具，外形為大件棉袍，不過並非用來穿著，而是睡覺時當做蓋被。

貓的人，遇上這樣的舉動肯定難以忍受，但我並不討厭貓，因此覺得可愛極了。比我早起的內人說，貓都會爬到領子上叫上好一會兒，試圖叫醒我，但我還是不醒，牠便直接在那裡蜷成了一團一起睡。

我要出門的時候，小貓會在後頭追趕，而我從外面回來時，牠一聽到我的腳步聲，不管在屋子多裡面的地方，或是躲在什麼地方玩，都絕對會跑到玄關來喵喵叫。那聲音聽起來就像在抗議：「你不在，都沒有人陪我玩！」內子說：「牠好像認得你的腳步聲，如果來的是不認識的人，牠就會在玄關發出嚇唬聲，背拱得老高呢！」

我如此疼愛的這隻貓，在那一年的十二月，記得是十日的時候，這天颳著入冬的強風，陰沉欲雨，十分討厭，當時我也有事外出，下午出門去了。小貓照例跟著我跑到大門外，但這時我們住處緊鄰的崖下，是一片原本是大池塘的窪地草原，長滿了茂密的水草，必須經過這裡前往馬路。當我走到馬路，回頭一看，只見小貓站在崖邊的草原中，遠遠看著我，不停地對著我喵喵叫。但牠平常也都會跑去那裡，因此我覺得牠應該會獨自回家，不以為意地離開了，當時內人應該也在家裡忙著。

傍晚時分我回到家，卻忘了貓的事。結果天色整個都黑了，這時間應該都會現身的貓卻不見蹤影。

「喂，小貓呢？」

「咦？跑哪去了呢？」

我們猜想牠可能又溜進壁櫃等地方睡覺了，四處尋找，卻遍尋不著。況且這時間，只要牠在家，都一定會出現才對。

我突然陷入說不出的悲傷、寂寞，但還是覺得小貓很快就會喵喵叫著跑出來，好幾次覺得聽到牠的叫聲。我祈禱小貓快點出現。

「到底是怎麼回事呢？也許是那時候出門就再也沒有回來了。可能是在其他地方四處亂走，結果迷路，回不來了。聽說這一帶常有人來抓貓，有可能是被抓走了。還是在別的地方遛達，被喜歡貓的人看到，覺得可愛而抱走了。要是這樣還好。」

這天一直到晚上就寢前，我和妻子都不斷地討論我下午出門後，妻子當時在家做什麼，並徒勞地反覆回想貓不見那時候的種種瑣碎細節。

我們就這樣牽腸掛肚，一直等到了十二點多，小貓終究沒有回來。躺下之後，蓋被袖口沒有總是在裡面的小貓，我寂寞難當。

「太可憐了，搞不好是被剝貓皮的抓走了。要是被剝了皮，那樣活蹦亂跳的小貓，再怎麼樣也不可能回來了。」

這麼一想，都怪我們白天一時疏忽，沒有留意。是我們對不起牠。

我不由自主地想著這些，把頭埋進蓋被裡哭了：

「小貓不見了！小貓不見了！」

內人說「既然不見了也沒辦法，動物的本性就是這樣」，很快便放棄了，但見我太深切地為小貓悲痛，便安慰我說「搞不好天一亮就會自己回來了」。我心想，如果是天黑以後才不見的也就罷了，但牠從白天就不見蹤影，怎麼能說天亮了就會回來？但我還是忍不住貪心地盼望，也許到了早上牠就會現身。

然而隔天早上牠依舊沒有回來。那時候牠跟在我身後喵喵叫，是我最後一次看到牠，牠就這樣永遠不見了。

接下來十天左右，我寂寞哀傷、了無生趣，每晚躺在床上蒙著蓋被掉眼淚。內人不僅不以為意，還奚落哭泣的我，結果我賞了她一巴掌。

後來有一次我經過神樂坂，當時天氣十分寒冷，我在毘沙門神[29]前的夜市看到許多貓皮做成的圍巾，停步想：「啊，我家的小貓也變成這樣了吧。」仔細一看，總覺得裡頭似乎有花色與牠酷似的毛皮。

29 指善國寺。

阿富的貞操

芥川龍之介

明治元年（一八六八）五月十四日，時間剛過正午。此時公告已經發布：「官軍將於明日拂曉對東叡山彰義隊發動攻擊，上野一帶商家居民，應盡速撤離此地。」下谷町二丁目的婦女雜貨鋪，老闆古河屋政兵衛一家逃難後的空屋裡，廚房角落的鮑貝前，一隻碩大的公花貓正靜靜地趴坐著，折起四肢，就像個盒子。

室內門戶緊閉，即使才剛過正午，依舊一片陰暗，亦完全不聞人聲，唯一聽得見的，只有連日來的淅瀝雨聲。雨水不時劇烈地傾注在看不見的屋頂上，又在不知不覺間遠遠地收上空中。每當雨聲滂沱，貓便將那雙琥珀色的眼睛睜得渾圓，唯獨這時，黑得連爐灶都看不見的廚房會映出兩道詭異的磷光。但貓一理解除了嘩然雨聲之外，別無變化，便依舊不動，再次將眼睛瞇縫成一條線。

反覆了幾回以後，貓再也沒有睜眼，似乎終於睡著了。但雨聲仍是忽緊忽徐。八刻、八刻半[30]——時間就在這片雨聲之中，逐漸逼近向晚。

即將七刻[31]時，貓突然瞪大眼睛，同時亦豎起了耳朵，彷彿受到驚嚇。但雨勢已比先前小上許多，除了奔過馬路的轎夫腳步聲外，沒有任何聲響。然而才安靜幾秒，原本黝黑的廚房在不知不覺間朦朦朧朧地亮了起來，占據狹窄木板地的爐灶、無蓋水缸裡的水光、供奉灶神的松枝、拉窗的繩索等等，亦逐一顯現出來。貓愈顯不安，瞪著門打開來的汲水口，緩緩地立起碩大的身軀。

打開汲水口的門的——不，不僅開了外門，連有腰板的格子門都給打開的，是個淋得像落湯雞的乞丐。他朝內探入裹著舊手巾的頭，側耳聆聽了寂靜的屋中動靜片刻，確定無人，便披著濕漉漉的嶄新草蓆，輕手輕腳地踏進廚房裡來。貓壓低耳朵，退後兩、三步。但乞丐也不驚訝，反手拉上紙門，從容地摘下包覆頭臉的手巾。這乞丐滿臉鬍鬚，上頭貼了兩、三塊藥膏，蓬頭垢面，五官也很平凡。

「阿花、阿花。」

乞丐擰乾頭髮，抹著濕臉，小聲叫起貓的名字。貓似對這聲音感到熟悉，壓低的耳朵又豎高起來。但牠依然停佇原地，不時對乞丐投以狐疑的眼神。這時，褪下草蓆的乞丐盤起小腿沾滿泥汙的雙腳，一屁股在貓的前方坐了下來。

30 江戶時期的時間算法，一刻為兩小時，八刻及八刻半為現代的下午兩點和三點。
31 現代的下午四點。

「阿花，你怎麼啦？——看屋裡沒半個人，你是被拋棄了吧。」

乞丐兀自笑著，伸出大手摸了摸貓頭。貓作勢要逃，但沒有真的跳走，反而安坐下來，甚至連眼睛都瞇了起來。乞丐摸完貓，從身上舊浴衣的懷裡掏出一把油亮亮的手槍，借著微光檢查起扳機來。戰禍將至，空無一人的屋舍廚房裡，一名乞丐把玩著手槍——這確實是一幕小說式的罕異情景。但瞇起眼睛的貓彷彿知悉一切的祕密，仍蜷著背，只是冷漠地坐著。

「到了明天啊，阿花，這一帶將陷入槍林彈雨。要是被子彈打中，可就沒命了，所以明天不管外頭鬧得再怎麼凶，你都得一整天躲在地板下，可別出來呀……」

乞丐檢查著手槍，不時向貓攀談。

「我跟你也是老交情了，但今天就得跟你道別了。明天對你是個劫難，或許也是我的祭日。即便大難不死，往後也不會再跟你一道翻殘羹剩飯了。少了個人跟你搶，你應該也很開心吧。」

沒多久，又是一陣嘈雜驟雨，烏雲應該正壓近屋頂，籠罩整片屋瓦。廚房裡更暗了。但乞丐頭也不抬，總算檢查完手槍，細心填入子彈。

「還是你會捨不得我離開？不，都說貓連三年之恩照樣會忘記，你也無法指望吧。──不過──算了，這不重要，只是如果我不在了──」

乞丐忽然噤聲。緊接著傳來有人走近汲水口外的聲響，乞丐收起手槍並回頭──不，汲水口的紙門亦同時打了開來。乞丐立刻戒備，與闖入者打了照面。

打開紙門的來人一見乞丐，反而猝不及防地輕呼了一聲：「啊！」那是個赤腳打著大黑傘的年輕女子。她下意識地想反身奔回雨中，但很快就從驚嚇中恢復勇氣，借著廚房的微光仔細端詳乞丐的臉。

乞丐也許是愣住了，立起裹著舊浴衣的單膝，目不轉睛地瞅著對方，眼中已沒有方才的提防之色。片刻間，兩人默默對視。

「咦，這不是阿新嗎？」

女子略為定神後問乞丐。乞丐賊笑著，向她點了兩、三下頭：

「抱歉啊，外頭雨下得實在太大，趁著屋內無人，進來躲個雨——啊，我並不是改行幹宵小喔。」

「嚇壞我了。——就算不是闖空門，你膽子也太大了吧？」

女子甩著傘上的水滴，又氣憤地說：

「好了，快出去，我要進去。」

「我這就走，不必大姊催，我自會走。大姊，妳還沒去逃難嗎？」

「逃啦，逃是逃了——這有什麼好說的？」

「那麼，是忘了什麼東西嗎？——噯，快進來吧，別站在那兒淋雨。」

女子仍氣憤難消，不理乞丐，在汲水口的木板地坐下來，把沾滿泥濘的腳伸向洗滌處，嘩嘩潑起水來。乞丐滿不在乎地盤腿而坐，摩挲著布滿鬍鬚的下巴，直瞅著女子洗腳的模樣。女子膚色黝黑，鼻周散布著雀斑，十足鄉下姑娘模樣。衣物亦是下人穿的手織木棉單衣，只繫了條小倉織腰帶。但那靈動的五官與結實豐滿的身材，美得讓人聯想到新鮮的桃梨。

「既然會甘冒危險回來取，想必是忘了什麼貴重物品。大姊，妳忘了什麼？——阿富姊？」

阿新繼續追問。

「你管我忘了什麼。別說了，你快點出去。」

阿富拒人於千里之外。但她似乎又想起什麼，抬頭望向阿新，正色問道：

「阿新，你有瞧見我家阿花嗎？」

「阿花？阿花在這兒——咦，跑哪去了？」

乞丐東張西望。貓不知何時躲到櫃子上的磨缽與鐵鍋之間，又安穩地坐得像個方盒了。阿富應該與阿新同時發現貓，一把扔下長柄杓，彷彿忘了乞丐就在那兒，走到木板地上，一臉歡暢的微笑，呼喚櫃子上的貓。

阿新訝異地將目光從暗處櫃子上的貓移向阿富：

「大姊，妳是回來找貓的？」

「不行嗎？——阿花、阿花，快點下來。」

阿新頓時放聲大笑。那笑聲在四下的雨聲中激盪起近乎恐怖的回音。阿富再次漲紅了臉，對著阿新破口大罵：

「有什麼好笑的？太太說忘了帶上阿花，急得都快瘋了，鎮日哭個不停，直說萬一阿花被殺了怎麼辦。我也捨不得阿花，才會冒著大雨回來——」

「好，我不笑了。」

但阿新依舊止不住笑，打斷阿富的話：

「我是不笑，不過妳想想，明天就要陷入戰亂了，還念著一、兩隻貓——這怎麼想都太可笑了。不是我要說，妳們家太太未免太不懂事、太兒戲了。首先，居然要妳來找那花貓——」

「住口！我不要聽太太的壞話！」

阿富氣得跺腳。但乞丐沒有被她意外的暴怒給嚇著，不僅如此，還肆無忌憚地打量她。事實上，這時的阿富充滿了野蠻的美。她身上溼透的和服與襯裙每一寸都緊貼在肌膚上，勾勒出底下的胴體線條，而且那年輕的肉體一眼便可感受到處子的青澀。阿新的目光就這麼定在她身上，一樣笑著繼續說：

「光是派妳來找那隻花貓，就可以看得一清二楚。難道我說的不對嗎？現在啊，上野一帶每一戶人家都逃難去了。即使店家林立，亦形同無人的荒原。就算不會遇見豺狼，也難保碰上什麼凶險。——不就是這麼回事嗎？」

「不勞你操心，快幫我把貓抓下來。——戰事又還沒開始，哪有什麼危險？」

「別犯傻了，這種局勢下年輕女子獨自在外頭晃蕩還不危險，世上還能有什麼危險？再說，這兒只有咱們倆孤男寡女，萬一我起了歹念，大姊，妳可怎麼辦？」

阿新的口氣漸漸聽不出是開玩笑還是認真了。但阿富清澈的眼中甚至看不見一絲恐懼，不過雙頰的潮紅似乎比先前更深了些。

「怎麼，阿新——你想嚇我？」

阿富朝阿新跨近一步，就像要反過來嚇唬對方。

「嚇妳？如果只是嚇嚇妳，那不是很好嗎？這世道即便是官軍，也有許多衣冠禽獸，更何況我是個叫化子，可不一定只是虛張聲勢而已。倘若我真的動了歹念……」

阿新話還沒說完，腦門已重重挨了一記。阿富不知何時在他面前揮起了大黑傘。

「再給我口無遮攔！」

阿富又朝阿新的腦門惡狠狠地揮下油傘。阿新急忙要閃，那把傘卻在他舊浴衣的肩上打個正著。這場混亂驚嚇了貓，貓從櫃上踢落一口鐵鍋，跳到灶神龕上去了。同時供灶神的松枝、油膩膩的燈皿全砸到了阿新身上。阿新好不容易才爬起來，但已經不知道給阿富的傘又痛打了多少下。

「混帳東西！混帳東西！」

阿富不住地揮傘。但阿新挨著打，最後還是搶下傘。他把傘往旁邊一扔，猛地撲向阿富。兩人在狹窄的木板地上扭打了一陣。這場爭執期間，雨勢再次緊湊地在廚房頂上敲打出嘩嘩巨響。隨著雨聲漸高，室內轉眼間變得更為昏暗。阿新不畏阿富的毆打撓抓，不顧一切要制住她。失敗了幾次以後，以為總算將她摜在地上了，他卻突然反彈似地退到了汲水口。

「這臭婆娘……！」

阿新背對紙門，瞪著阿富。不知何時變得披頭散髮的阿富癱坐在木板地上，反手握著疑似原本夾在腰帶間的剃刀。那姿態殺氣騰騰，同時亦異樣地冶豔，就宛如在灶神龕上高拱著背的貓。兩人半晌無語，刺探著對方的眼色。但一瞬之後，阿新刻意冷笑，從懷裡掏出方才的手槍：

「來啊，盡管掙扎吧。」

槍口緩緩地對準了阿富的胸口。阿富不甘地瞪著阿新，一聲不吭。阿新見她不鬧，似乎想到了什麼，槍口朝上指去，前方是在幽暗之中若隱若現的琥珀色貓眼。

「可以嗎？阿富姊——」

阿新含笑地說，就像在逗弄對方。

「只要這把槍『砰』地一響，那隻貓就要四腳朝天掉下來了。妳也是一樣的下場，可以嗎？」

阿新就要扣下扳機。

「阿新！」

阿富突然大喊。

「不行，不可以！」

阿新望向阿富，但手槍依舊對準花貓。

「我管妳行不行。」

「這樣阿花太可憐了，你就放過牠吧！」

阿富一改前態，眼中充滿憂色，微微顫抖的唇間露出編貝般的齒列。阿新半是嘲笑、半是訝異地看著她，總算放下槍口。阿富的臉色頓時放鬆下來。

「那我就放過貓吧，條件是——」

阿新跋扈地說。

「妳得獻上妳的身體。」

阿富別開了目光。瞬間，憎恨、憤怒、嫌惡、悲哀等種種情緒，似乎在她的心中沸騰燃燒。阿新謹慎地觀察她的變化，打橫繞到她身後，打開起居室的紙門。比起廚房，起居室當然又更暗了，不過還是可以看見裡頭這家人避難後留下的茶櫃與長火盆。阿新佇立該處，視線落向阿富微微汗濕的領口。阿富似乎感覺到了，扭身仰望身後的阿新。不知不覺間，她的臉上恢復了與先前無異的活潑神采。反倒是阿新狼狽起來，古怪地眨了一下眼，突然將槍口指向了貓。

「不可以！就跟你說別了——」

阿富制止，同時將手中的剃刀擲到木板地上。

「那就進去裡面。」

阿新面露冷笑。

「討厭的傢伙！」

阿富恨恨地低喃，倏地站起身來，就像個使性子的姑娘那樣，大步走進起居間。阿新似乎有些被她的果斷嚇著了。這時雨聲已經小了許多，雲間亦似乎透出夕陽餘暉，原本陰暗的廚房逐漸明亮起來。阿新站在其中，側耳聆聽起居間的動靜。解下腰帶、人在榻榻米躺下的聲響後，房內就此悄然無聲。

阿新遲疑片刻，踏入幽暗的起居間。起居間中央處，阿富以衣袖掩面，正靜靜地仰躺著。（缺四十一字[32]）阿新一見那模樣，便逃之夭夭地折返廚房，臉上充滿無以名狀的古怪神情，看起來像厭惡，亦像羞慚。他走到木板地，仍背對著起居間，突然難受地笑出聲來：

「跟妳鬧著玩的，阿富姊，我逗妳的。出來吧……」

——幾分鐘後，阿富懷裡抱著貓，一手撐著傘，已一派輕鬆地與坐在破草蓆上的阿新閒聊開來了。

「大姊，我有個問題想問——」

阿新仍有些尷尬，不敢看阿富。

「問什麼？」

「也沒什麼——對女人來說，交出自己的身子，是這輩子的大事，然而阿富姊，妳卻願意為了那隻貓捨身——這不是太亂來了嗎？」

阿新暫時打住話。但阿富只是抿嘴微笑，撫摸著懷裡的貓。

「妳就這麼疼這隻貓？」

「我當然疼阿花了——」

阿富含糊其詞。

32 原文此處的缺字，是芥川刻意使用的手法。

「還是，妳是街坊有名的忠僕——難不成是擔心萬一讓阿花死了，沒臉回去見太太？」

「對，我疼阿花，也敬重太太，不過我只是——」

阿富略歪著頭，眼神遙望。

「該怎麼說才好呢？我就是覺得非這麼做不可。」

——又過了幾分鐘，只剩下一個人的阿新抱著舊浴衣底下的雙膝，坐在廚房裡出了神。零星的雨聲中，暮色逐漸逼近。拉窗的繩索、洗滌處的水缸——這些物品也逐一隱沒不見。上野的鐘聲響起，一聲聲充斥在烏雲間，擴散出沉悶的聲響。阿新彷彿受那聲音驚嚇，張望寂靜的四周，隨即摸索著走下洗滌處，以長柄杓汲起滿滿的水。

「我村上新三郎——源繁光[33]，今天真是認栽了。」

阿新喃喃自語，津津有味地喝下黃昏的水……

＊ ＊ ＊

明治二十三年（一八九〇）三月二十六日，阿富與丈夫帶著三個孩子，走在上野廣小路上。

這天剛好是竹台舉辦第三屆國內博覽會開幕典禮的日子，而且黑門一帶的櫻花大多都已經盛開，因此廣小路上遊客如織，磨肩擦踵。這時，應是從開幕典禮回來的馬車及人力車隊伍自上野源源不絕地湧入。乘客當中，亦有前田正名、田口卯吉、澀澤榮一、辻新次、岡倉覺三、下条正雄這些高官顯爵。

丈夫抱著五歲的二兒子，讓大兒子抓著衣袖，閃避著令人眼花撩亂的人潮，不時擔心地回看身後的阿富。阿富牽著女兒的手，每次都對丈夫露出開

33 由此名來看，阿新應為貴族源氏之後，因故淪落為乞丐。源繁光為其本名，村上新三郎為俗名。

朗的微笑。當然，二十載的光陰為她增添了老態，但眼中的神采與從前差不了多少。她在明治四、五年左右，與古河屋政兵衛的姪子、也就是現在的丈夫結了婚。丈夫當時在橫濱，現在在銀座某區開了家小鐘錶行……

阿富不經意地抬頭，發現其時恰好路過的雙頭馬車，裡面就大大方方地坐著阿新。阿新——只不過現在的阿新，全身上下綴滿了駝鳥羽毛帽飾、莊嚴的金飾帶、大小勳章等琳瑯滿目的光榮標記。但從半白的鬍髯間望著這裡的紅潤的臉，確實就是往年的那個叫化子。阿富不禁放慢了腳步。但奇妙的是，她並不驚訝。阿新不是個普通的乞丐——不知為何，當年的她便對此了然於心。是相貌嗎？是談吐嗎？還是他身上的手槍？總之她就是明白。阿富面不改色，迎視著阿新。阿新也不知道是刻意還是偶然，望向阿富的臉。瞬間，二十年前那個雨天的記憶，歷歷在目、近乎痛切地浮現在阿富的腦海。那天她為了救一隻貓，竟魯莽地想要許身給阿新。當時她是什麼心態？——她不明白。而面對此景，阿新甚至沒有觸碰她獻上的肉體一根汗毛。他當時又是什麼心態？——她亦不明白。儘管不明白，但這些對阿富來說，卻是再天經地義不過的事。馬車擦身而過，她霎時間心頭舒坦了起來。

阿新的馬車經過時，丈夫又在人潮中回頭看阿富。看到那張臉，阿富一樣若無其事地露出微笑，神采奕奕而歡欣地微笑……

——大正十一年（一九二二）八月——

奪回獵物的貓

葉山嘉樹

生活在農村，有時會吃到苦頭。這是當然的。我雖然住在農村，卻未務農，也不上山燒炭；雖然會釣魚，但漁獲不足以拿去賣了餵飽一家子。況且即使在農村務農，這年頭也難以溫飽，家計會捉襟見肘，也是理所當然的事。

但是再怎麼理所當然，若填不飽肚子，問題可就大了。我還沒膽大到敢滿不在乎地對妻兒說「吃不飽是理所當然的事」。尤其肚子都在唱空城計的時候，膽子更壯不起來。

孩子對飢餓特別敏感。即使告訴他們愈吵只會愈餓，他們一樣要吵。

哦，有件好玩的事。說好玩有語病，不過當狀況容不得人吃太多飯時，人偏偏要吃上許多飯。在連飯都不能多吃的節骨眼，自然不可能吃得起魚肉或糕點，至多就是米麥各半的飯，配上醃菜葉和生味噌。

這種時候，孩子們就像要挖苦他們沒出息的老子似地，大吃特吃。連他們的娘也是一個樣。就連我自己，也好似成了食客似地，狼吞虎嚥。

「不管吃得再多，肚子還是一樣虛。」

孩子的娘說。我也有同感，只好回答：

「胃袋似乎沒有經濟概念。」

這種時候，「圓圓」就會展現出堅強絕倫的求生能力。圓圓本來是被丟在寺院境內的貓崽子。孩子見牠渾身泥濘地叫個不停，便把牠抱回家來。雖然都餓壞了，卻不會吃飯，只知道拿鼻子去拱茶杯底，動作就像要吸奶，可憐到令人不忍卒睹。

因此我將魚乾和米飯在口中嚼到幾乎化掉，再餵入貓崽子嘴裡。

「爸爸好厲害！」

孩子們這才放下心來。此後我便成了負責餵貓的那個人，連大小便都要我來清理。

「要取什麼名字？」

我問孩子。

「看牠圓滾滾地像顆球似地走路，叫圓圓好了。」

老大當場為牠取了名。

圓圓在我們家陷入糧荒時，最是屹立不搖。像老鼠，家裡的老鼠全部趕盡殺絕後，牠便不知道從哪裡叼來別的老鼠，有時還會放進家裡。

但是對於圓圓的領域，我的尊重只到老鼠。論到麻雀和鳥，我實在無法虛懷若谷地在一旁欣賞。事實上在捉鳥這件事，圓圓實在是個天才。

原本我養貓狗，從牠們小時候便會第一個訓練跳躍。我會把魚乾用布包起來吊在門楣上，拉到牠們搆不著的高度，要是搆著了，就賞牠們一條魚乾。最後牠們會精疲力盡，瞪著那獵物，退到角落去休息，然後訓練結束——是這樣的訓練方法。

因此雖然不及跳蚤的跳躍力，但圓圓起碼可以跳上五尺[34]之高。圓圓就是利用這種跳躍技巧叼來小鳥，逗弄遊戲，但要人在一旁乾瞪眼，實在有些殘酷。

尤其是在人連魚或肉都沒得吃的時候，我會興起極卑劣的念頭，想要搶走圓圓的小鳥：

「圓圓啊，只有你一個人吃小鳥，有點太奢侈囉。我也不是要拿走全部，內臟和骨頭會留給你。畢竟你也吃過我嚼碎餵給你的飯，不是嗎？」

但貓畢竟是貓，身手矯捷。圓圓立刻叼起小鳥竄上樹去了。

這麼一來，雖然俗話說畜生愚昧，但會興起愚昧念頭的反倒是人，教人覺得愧為人類。

——這畜生，居然跑了！忘恩負義的傢伙——

我大發雷霆，但這是我無理取鬧。

圓圓會抓小鳥，不是見我們許久沒有魚或肉下飯，可憐我們，才抓鳥來給我們進補。理由完全相反。

如果我們有大魚大肉可吃，圓圓當然也能受惠，分到骨頭或肉渣。就是因為我無法供應圓圓不可或缺的肉食，圓圓才必須爬上高枝，付出漫長的艱辛努力，好不容易才抓到一隻鳥。弄個不好，圓圓會從高枝墜地，斷送小命，因此這是牠涉險得來的寶貴獵物。

把牠撿回家、嚼飯哺育牠的事，圓圓早就忘個精光了。

不只是貓，即使在人的社會，遺忘不也是一種美德嗎？

或者就是因為沒有忘，對於拉扯牠的耳朵和尾巴、拿紙袋罩牠的頭的人類小孩，圓圓才沒有抓傷他們，或是像獵殺老鼠那樣撕咬他們，而是逃到田

34 約一．五公尺。

裡或樹上避難？

原本我和圓圓之間就沒有任何契約或字據，而是極自然地因為愛情，接納牠成為我們家的一分子。

然而如今我卻要圓圓以麻雀來支付牠的伙食費和住宿費，這一定是我的不對吧。

看來不管在任何情況，所有的生物當中，最貪婪的就是人類。

不過總而言之，麻雀還沒有斷氣，圓圓叼著牠跑下杏樹，又在庭院裡玩弄起來。

麻雀還能飛上兩、三尺。

望著這一幕，我的自省又模糊起來，開始想：圓圓太豈有此理了，居然想「一個人」活生生地獨吞這隻「烤小鳥」的材料。

而且做母親的女人，思考方式澈底現實。

「咦，圓圓抓小鳥回來了。親愛的，太可惜了，連人都沒有鳥吃，圓圓居然要自己吃掉嗎？太可惜了，欸，這不是太可惜了嗎？」

孩子的娘說。

「沒錯，太可惜了。」

當下我亦被同化了。我就是愚昧地沒法去想：

「別說傻話了，貓是肉食動物，所以比人類更需要吃麻雀啊！」

終於，我趁著圓圓將麻雀拋出兩、三尺遠，假裝不在意，一臉得意地嗚嗚低吟時，朝反方向扔出一顆小石頭。

不出所料，圓圓追向石頭。

我趁機飛快地抓住麻雀。總覺得有點心虛。但我告訴自己，臉皮厚才能活下去，進了屋裡，走出後門，在田地裡開始拔毛。

不過居然做出盜取——或者說掠奪這種行為，即使對方是畜牲——不，或許正因為對方是畜牲，實在難說是心安理得。

拔完毛後，走出門外荒廢的庭院一看，圓圓正一下爬上杏樹，一下奔過檜木樹梢，或是鑽進山白竹叢，如同字面形容，拚了命在找牠的獵物。

——別怨我——

我對圓圓說著，生火點燃火盆。

——雖然你是隻畜牲，卻也是不折不扣的家畜。喏，所以比起生食，烤過之後再吃更合你的胃口——雖然量會減少那麼一些。不過既然與人生活在一起，你也得分擔一點責任。懂了嗎？圓圓——

我望著如旋風般在整個庭院四處奔竄的圓圓，內心打著算盤：

——腿和胸孩子們一人一邊。這有多少熱量呢？我吃頭，孩子的娘只能吃到背。內臟和腳骨頭再怎麼說都得還給圓圓，全部搶走就太不人道了。即使是對圓圓，這樣也太可恥了——

「喂，用小碟子裝點醬油來！」

我吩咐孩子的娘，將麻雀放在烤年糕的鐵網上，以最有職業道德的廚師都比不上的認真烤起這隻小鳥來。

啊，烤小鳥多香啊！

絨毛般的細毛都燒掉以後，沾上醬油塗抹。萬萬不可以烤焦，骨頭也要烤得軟軟的好入口，再怎麼說，這可是珍貴如千金的副食。

這股香氣、這隻烤鳥，讓整個家中的血液和肉體都因此增添了幾分活力。

就在這時——我的手還沒來得及伸出去，圓圓，這隻貓，擁有世人口中所謂怕燙的貓舌的貓，竟一口咬住了滋滋冒著油的滾燙小鳥，應該也沒發現自己的舌頭給燙著了，就這樣一溜煙地衝出戶外了。

「啊！被圓圓搶走了！」

我怒吼，衝出簷廊。然而圓圓早已不見蹤影。

「被圓圓搶走了？你不是在一旁盯著嗎？」

孩子的娘跑過來責怪我。

「動作太快了，簡直是電光石火！」

「佩服個什麼勁！那種賊貓，快點抓去丟了！」

孩子的娘罵道。

「先被搶走獵物的是圓圓，別說牠是賊貓，牠才是被害者。是我先搶了牠的東西。什麼賊貓，太難聽了。」

然後，我們一家子配著醃菜，免於良心呵責地吃起了晚飯。

輯二
貓的幻想

畫貓的男孩

小泉八雲

從前從前，日本有個小村莊，住著一對貧窮的農夫和妻子。夫婦倆都是善良的好人，生了許多孩子，但要全部拉拔養大，實在煞費心思。大兒子身強力壯，年僅十四歲就相當能幹，可以幫忙父親；小女兒們才剛學會走路，就已經學會幫母親做家務了。

然而只有最小的么兒，似乎不適合做粗活。么兒聰明伶俐——比任何一個哥哥姊姊都要聰明，卻長得嬌小孱弱，因此大家都說他將來肯定無法長得又高又壯。父母認為與其讓他務農，倒不如去當和尚更有前途。某天，父母把么兒帶到村裡的寺院，拜託好心的老和尚收他為徒，把他栽培成和尚。

老和尚慈祥地向這個小娃兒攀談，問了幾個艱深的問題，男孩都能對答如流，因此和尚答應收他為徒，讓他做小沙彌。

老和尚的教導，男孩很快就學會了，也都能遵守大部分的規矩。可是他有個壞毛病，就是常在上課的時候畫貓，甚至畫在不該畫的地方。

無論何時，只要四下無人，他就會畫起貓來。他畫在佛經空白處、畫在寺院的每一座屏風，就連牆壁和柱子也無一倖免，被他畫滿了貓。和尚再三告誡，男孩卻依然故我，因為他就是非畫不可。他極具繪畫天賦，其實並不適合在寺院裡做小沙彌。——因為一個好的小沙彌，必須乖乖研讀經文才行。

某天，男孩在宣紙上完成了一幅精采絕倫的畫作，老和尚卻嚴厲地對他說：「孩子，你必須立刻離開這座寺院。你絕對不會是一個好和尚，但是你可以成為傑出的畫家。最後我有個忠告，你得銘記在心，切不可忘：『夜避廣處，留在狹處。』」

男孩不懂老和尚說的「夜避廣處，留在狹處」是何意思。他將自己的衣物收拾成一個小包袱，同時搜索枯腸地思索，卻怎樣都想不明白。但他不敢向老和尚多問，只說了句「再見」道別。

男孩傷心地離開了寺院，不知該何去何從。如果就這樣回家，父親一定會認為是他不聽話才被逐出寺門，痛罵他一頓，所以男孩不敢回家。這時他忽然想起，以前聽說過十二哩[1]外的鄰村有間大寺院，住了許多和尚。他決定去投靠那些和尚，求他們收他為徒。

其實，那家寺院早已關門，但男孩並不知道這件事。寺院會關門，是因為有怪物把和尚都嚇跑了，占地為王。後來也有幾名勇敢的武士夜裡進入寺院要消滅怪物，然而再也沒有人看到他們活著走出來。沒有人告訴男孩這些事，因此他遠路迢迢地朝那座村莊走去，期望和尚們會善待他。

1 小泉八雲的原作是以英文寫作，故使用的是英制單位。

抵達村子的時候，天已經黑了，村人都睡著了。此時但男孩看見偏離幹道的偏僻山丘上有間大寺院，還亮著一盞明燈。說故事的人都說，怪物經常會點亮燈火，引誘無處投靠的旅人前來過夜。男孩一逕走向寺院，敲了敲寺門，但裡頭鴉雀無聲。男孩又敲了好幾次門，依舊無人應門。最後男孩輕輕推了推門，發現竟沒有上門，開心極了，進入寺內，只見燈火熒然，卻不見半個和尚。

男孩認為和尚很快就會現身，坐下來等待。留神一看，寺院裡到處積滿了灰塵，而且結滿蜘蛛網。他想，和尚們絕對會很樂意收留一名小沙彌，來替他們打掃乾淨。但他也納悶，為何這裡的和尚會放任塵埃堆積成這樣？不過最讓他開心的是，這裡有好幾面白色大屏風，正好可以拿來畫貓。男孩雖然累了，還是很快找來筆墨盒，磨了墨，畫起貓來。

他在屏風上畫了許多貓。畫完之後，他睏倦難當，正準備挨著屏風躺下來入睡，忽然想起老和尚的囑咐：「夜避廣處，留在狹處。」

這間寺院極寬敞，而他只有孤單一人。因此儘管不解其意，但想起這句囑咐以後，還是不免害怕了起來。他決定尋找「狹處」歇息。他找到一個有拉門的小櫥櫃，把自己關在裡面，躺下來沉沉地睡著了。

深夜時分，男孩被駭人的聲音給吵醒了。那聽起來像打鬥和慘叫。聲音非常激烈，他害怕到甚至不敢從門縫偷看，驚恐得屏住呼吸，靜靜地躺著不動。

原本亮著的燈火熄了，駭人的聲響卻仍持續不斷，而且愈來愈驚心動魄，整座寺院都在震動。許久之後，終於安靜下來，但男孩依舊怕得不敢動彈。他一直僵在原地，直到曙光從門縫間射了進來。

男孩這才慢慢地離開躲藏的櫥櫃，四下張望。首先映入眼簾的，是滿地的血跡，接著是倒臥在血泊中的可怕巨鼠——那是一隻比牛還要巨大的老鼠怪。

可是，是什麼人、或什麼東西消滅了這隻怪鼠？這裡並沒有其他人或動物。忽然間，男孩看見自己昨晚畫的貓，每一隻嘴巴都染滿了赤紅的鮮血，當下醒悟，是自己畫的貓合力消滅了這頭怪物。同時，他也理解了神機妙算的老和尚為何會叮囑他：「夜避廣處，留在狹處。」

後來，這個男孩成了家喻戶曉的畫家。來到日本的旅人，時至今日仍然可以欣賞到他畫的貓作品。

貓

太宰治

默不作聲就喊名字，
一靠近就倏忽逃離。——《卡門》[2]

天空蔚藍的晴朗日子，貓便會不知從何而來，窩在庭院的山茶花下打

2 太宰治的此段文字雖標注為來自梅里美（Prosper M rim e）的《卡門》（*Carmen*），但與原作文意有些出入。原文意思較接近為「（女人和貓）叫名字也不來，不叫名字的時候偏會過來。」

盹。畫西洋畫的朋友問我那是不是波斯貓，我說應該是人家不要的貓。

貓不親近任何人。

今早我正烤著早飯要吃的沙丁魚，院子裡的貓哀傷地叫了起來。我走到簷廊，對牠喵了一聲。

貓站起來走向我。我扔了一尾沙丁魚過去。貓擺出隨時要跑的姿勢，吃了起來。我一陣激動。我的愛情被接納了。我走下庭院。

伸手觸摸背上的白毛，貓一口撕裂我的小指，深達見骨。

貓的事務所

……關於某個小官衙的幻想……

宮澤賢治

輕便鐵路的車站附近，有一間貓的第六號事務所。這裡主要的業務是調查貓的歷史和地理。

每一位書記都身穿黑色短緞袍，備受尊崇，如果其中有誰因故辭職，每個年輕的貓都會爭先恐後想要填補空缺。

但依照規定，這間事務所的書記只有四名，因此許多候補人選當中，只有字寫得最好、懂詩詞的貓才能脫穎而出。

事務長是一隻大黑貓，雖然有些年邁，但瞳孔裡就像嵌了好幾層銅線一樣，炯炯有神。

事務長有四名下屬：

一號書記白貓，

二號書記虎斑貓，

三號書記三花貓，

四號書記灶貓。

所謂灶貓，並非天生花色如此。灶貓原本有可能是任何一種貓，但因為夜裡習慣窩在爐灶裡入睡，因此總是渾身煤灰，尤其是鼻子和耳朵，抹得烏漆抹黑的，看起來活像隻貍貓。

因此其他的貓都討厭灶貓。

但是在這家事務所，畢竟事務長本身就是隻黑貓，因此原本不管成績再怎麼好，也絕對不可能當上書記的灶貓，卻從四十隻貓當中雀屏中選了。

偌大的事務所正中央，黑貓事務長大模大樣地坐在鋪有大紅色呢絨布的辦公桌前，右邊是一號白貓與三號花貓，左邊是二號虎斑貓和四號灶貓，牠們各自對著自己的小辦公桌，正襟危坐。

不過對貓來說，歷史和地理有什麼用處呢？

大致是這樣的：

「咚咚咚」，有人敲了事務所的門。

「進來！」黑貓事務長雙手插在口袋裡，盛氣凌人地喊道。

四名書記正低著頭，忙碌地查詢資料簿。

進門的是奢侈貓。

「有何貴幹？」事務長問。

「我想去白令地區吃冰河鼠，哪個地方的冰河鼠最好吃？」

「好，一號書記，說說冰河鼠的產地在哪裡。」

一號書記打開藍色封面的大資料簿說：

「烏斯特拉戈梅納、諾巴斯凱亞、富薩河流域。」

事務長對奢侈貓說：

「烏斯特拉戈梅納、諾巴……什麼來著？」

「諾巴斯凱亞。」一號書記和奢侈貓同聲說道。

「對，諾巴斯凱亞，還有啥去了?!」

「富薩河。」奢侈貓和一號書記又同聲回答，事務長顯得有些尷尬。

「對對對，富薩河。這幾個地方應該不錯。」

「去那些地方旅行，有什麼需要注意的地方？」

「好，二號書記，說說白令地區旅行的注意事項。」

「是！」二號書記翻開自己的資料簿。「此地完全不適合夏貓旅行。」這時不知為何，所有的貓都瞅了灶貓一眼。

「冬貓也需要萬全的注意。在函館一帶，有被馬肉拐走的危險。尤其是黑貓，必須在旅行期間充分表明其為黑貓，否則往往會被誤認為黑狐，遭到獵捕。」

「沒錯，就像二號書記說的。閣下不像在下是黑貓，應該不需過於擔心，至多就是在函館多提防一下馬肉。」

「這樣啊，那麼在那裡有哪些名流顯貴？」

「三號書記，列出白令地區顯貴人士的名字。」

「是，我看看，白令地區的話……有了，是托巴斯基、岡佐斯基這兩位。」

「這托巴斯基、岡佐斯基是怎樣的貓呢？」

「四號書記，大略說明一下托巴斯基和岡佐斯基這兩位。」

「好的。」四號書記灶貓早已準備萬全，將牠的兩隻短手分別插在大資料簿中托巴斯基和岡佐斯基這兩個項目的位置。這似乎讓事務長和奢侈貓都大為讚佩。

然而其他三名書記卻都一臉鄙夷地瞥著牠，冷笑了一聲。灶貓賣力地朗讀內容：

「托巴斯基是酋長，德高望重，目光炯炯，但說話慢條斯理。岡佐斯基是大財主，說話慢條斯理，但目光炯炯。」

「啊，這樣我就明白了，多謝。」

奢侈貓離開了。

就像這樣，事務所對貓有諸多方便。不過這件事以後，才過了半年，這家第六號事務所竟遭到廢所了。原因我想各位都已經發現了，因為上面三名書記極端厭惡四號書記的灶貓，尤其是三號書記三花貓，一直處心積慮要搶走灶貓的職務。灶貓想方設法討其他貓的歡心，卻是適得其反。

比方說，有一天坐在灶貓旁邊的虎斑貓拿出便當，正準備要吃，忽然一個哈欠湧了上來。

於是虎斑貓把短短的雙手舉到不能再高，打了個極大的哈欠。對貓來說，打哈欠對長上完全不算失禮的行為，就相當於人捻捻鬍鬚的動作，因此完全無妨。然而不巧的是，虎斑貓伸懶腰時雙腳撐在地上，將桌面頂成了斜坡，便當就這樣一路往下滑，「咚」地一聲掉到事務長前面的地上。還好便當盒是鋁製的，儘管撞凹了，但沒有摔破。虎斑貓連忙收住哈欠，從桌上伸出手要撿，卻只差了一點搆不著，便當盒滾來滾去，怎麼樣就是撈不起來。

「不行啦，你這樣撿不到啦。」正大口啃麵包的黑貓事務長笑道。這時四號書記的灶貓也才剛打開便當，見狀立刻起身，撿起便當要給虎斑貓。沒想到虎斑貓突然大發雷霆，不肯接下灶貓好意幫他撿回來的便當，雙手揹在身後，用力扭動身體大吼：

「什麼意思？你是在叫我吃這個便當？你叫我吃掉到地上的便當？」

「不是，我看你要撿，才幫你撿起來而已。」

「我什麼時候要撿了？對，我是看它掉在事務長前面，覺得失禮，才想要把它推進我的桌子底下而已！」

「這樣啊。因為便當滾來滾去……」

「什麼？這太侮辱人了！我要求決——」

「好了好了好了！」事務長高聲大喊。他是故意搗亂，不讓虎斑貓把「決鬥」兩個字說出口。

「好啦，別吵架。灶貓也不是故意撿來要虎斑貓吃的。對了，今早我忘了說，從今天開始，虎貓每個月加薪十錢。」

虎斑貓起初還忿忿不平地垂首聽訓，聽到這話，才終於轉嗔為喜：

「驚動大家了，抱歉抱歉。」接著他惡狠狠地瞪了旁邊的灶貓一眼，坐了下來。

各位，我實在是同情灶貓。

過了五、六天，又發生了類似的事。這種情形之所以三番兩次，一來是因為貓都是些懶貨，二來則是因為貓的前腳——也就是手，實在太短了。這回是坐在對面的三號書記三花貓早上上工前弄掉了筆，筆在桌上滾著滾著，終於掉到地上去。三花貓要是立刻起身去撿就好了，卻因為懶，學之前的虎斑貓那樣，隔著桌子伸長了兩手要撿，但這回也一樣搆不著。三花貓個頭尤其矮小，身子不斷地往前傾，雙腳終於離開了椅面。由於有過前車之鑑，因此灶貓猶豫著不知道該不該撿，眨著眼睛觀望了好半晌，但最後還是看不下去，站了起來。

不巧就在這時，三花貓由於身體懸空，「咚」地一聲從桌上栽倒，腦袋重重地撞在地上。因為撞出了好大的聲響，黑貓事務長也嚇了一跳站起身，從後方的架子拿來醒神的氨水瓶。只見三花貓立刻爬起來，暴跳如雷地大吼：

「灶貓，你竟敢推我！」

但這次事務長立刻安撫三花貓：

「不不不，三花，這是你搞錯了。灶貓是一片好意，站起來看看罷了，根本沒有碰到你。不過，這點小事完全不值得計較啊。好了，嗯，這個桑東坦的遷居申請，我得研究一下……」

事務長立刻著手辦公，因此三花貓也只好無奈地開始工作，但依然不時凶狠地瞪著灶貓。

如此這般，灶貓實在處境艱難。

灶貓為了當一隻普通的貓，也多次嘗試睡在窗外，但半夜就是會冷到不停地打噴嚏，終究無可奈何地又鑽回爐灶裡。

灶貓會這麼怕冷，是因為牠們的皮薄，至於為何皮薄，是因為牠們出生在盛夏時期。都怪我自己不好，這是沒法子的事——灶貓這麼告訴自己，渾圓的眼睛噙滿了淚水。

但事務長待我那樣好，而且其他灶貓也都以我能進事務所上班為榮，不管過得再怎麼苦，我都絕對不會辭職，我一定要熬過去！——灶貓流著淚，握緊了拳頭發誓。

然而沒想到，就連事務長都無法倚仗了。這都是因為貓看似聰明，其實愚蠢得很。有一次灶貓不幸感冒，腳根處腫得像碗口一樣大，完全無法走動，只得請假一天。灶貓真是急壞了。牠哭個不停，看著儲藏間的小窗射進來的黃光，一整天不住地揉眼睛掉眼淚。

這段期間，事務所裡是這樣的情形：

「咦？今天灶貓怎麼還沒來？都這麼晚了。」事務長在工作空檔問。

「哦，可能是去海邊玩了吧。」白貓說。

「不不不，是被邀去參加宴會了吧。」虎斑貓說。

「今天哪裡有宴會嗎？」事務長驚訝地問。他認為只要是貓的宴會，沒道理不邀請他。

「聽說北邊有一場開校典禮。」

「這樣啊。」黑貓陷入沉思。

「不知怎麼搞的，」三花貓說了起來。「這陣子灶貓受到各方邀約呢。據說牠逢人就說下一任事務長非他莫屬，所以一些傻子都被牠給唬過去了，竭盡所能地討好牠呢。」

「這是真的嗎？」黑貓怒吼。

「千真萬確，所長自己去調查看看就知道了。」三花貓噘起嘴巴說。

「太荒唐了，虧我那樣關照牠，居然恩將仇報。既然如此，我自有打算。」

接下來，事務所陷入短暫的寂靜。

第二天。

灶貓腿部的浮腫總算消退了，牠開心地一大清早便冒著強風到事務所報到。結果他發現每天上班總會第一個摸摸封面的寶貝資料簿居然從桌面上消失，被分到了對面和旁邊的三張桌子上。

「啊，昨天一定很忙。」灶貓乾啞地喃喃自語說，感到一陣不明所以的悸動。

「喀噠」一聲，三花貓開門進來了。

「早安。」灶貓站起來道早，三花貓卻一聲不吭地坐下，接著忙碌地翻閱起自己的資料簿。「喀噠」、「砰」，虎斑貓進來了。

「早安。」灶貓站起來打招呼，但虎斑貓看也不看牠。

「早安。」三花貓說。

「早，今天風好大呢。」虎斑貓也立刻翻起資料簿來。

「喀噠」、「砰」，白貓進來了。

「早安。」虎斑貓和三花貓同聲道早。

「啊，早，好大的風啊。」白貓也忙碌地著手辦公。這時灶貓無力地起身，默默行禮，但白貓視若無睹。

「喀噠」、「砰」。

「啊，這風實在太大了。」黑貓事務長進來了。

「早安。」三隻貓迅速起身行禮。灶貓也茫然地站著，垂著頭行禮。

「簡直就像暴風呢。」黑貓看也不看灶貓說，已經開始辦公了。

「好了，今天得延續昨天，調查安摩尼亞茲克兄弟，做出回覆。二號書記，安摩尼亞茲克兄弟裡頭，去了南極的是誰？」開始辦公了。灶貓默默地低著頭。牠的資料簿都不見了。即使牠想要申訴這件事，也已經說不出話來了。

「是潘・波拉里斯。」虎斑貓回答。

「很好。詳細說明潘・波拉里斯。」黑貓說。啊，這是我的職務，我的簿子、我的簿子——灶貓幾乎快哭了。

「潘・波拉里斯前往南極探險，死於歸途中的雅普島海域，遺體進行海葬。」一號書記白貓打開灶貓的資料簿唸道。灶貓實在太傷心難過了，臉頰一陣酸楚，耳中尖銳地耳鳴，低著頭默默承受著。

事務所裡漸漸忙得不可開交，工作一件件處理完畢。對於灶貓，每隻貓只是偶爾會瞥他一眼，不發一語。

然後到了中午，灶貓也不吃帶來的便當，雙手放在膝上，低頭不語。

下午一點，灶貓終於抽抽答答地哭了起來。接下來三個小時，牠哭哭停停，直到傍晚。

然而其他的貓卻都恍若未覺，愉快地埋首工作。

就在這時，雖然沒有任何一隻貓發現，但事務長身後的窗外冒出了一顆威風凜凜的金色獅子頭。

獅子狐疑地觀察了事務所裡面好一會兒，突然敲門進來了。說到裡頭的貓驚嚇的模樣，真是一絕。牠們只知道驚慌失措地走來走去，只有灶貓停止了哭泣，直挺挺地站了起來。

獅子聲如洪鐘地開口了：

「你們在做什麼？你們哪裡需要什麼歷史和地理，統統別幹了，我命令你們解散！」

就這樣，事務所被廢除了。

獅子的意見，我有一半贊同。

沃森夫人的黑貓

萩原朔太郎

沃森夫人聰慧過人，又受過相當程度的教育。自從身為博士的丈夫過世，夫人便進入某家學術研究機構的調查部門，負責整理圖書。她每天早上九點上班，下午四點下班。在眾多知識婦女中，她的外貌算是高瘦，皮膚偏黃，略顯神經質。不過她健康狀況良好，總是條理分明地完成分內業務，愉快而俐落地辦公。簡而言之，她是這類職業中相當典型的婦女。

一天早上，她在一如往常的時間出門上班，一如往常地著手辦公。大致處理完工作後，她感到有點疲倦。看看辦公室的鐘，剛好是四點五分，她著手收拾桌上的文件，準備下班回家。自從成了寡婦，她就在某條冷僻的巷弄裡租了一間小套房，過著拮据而無多餘裝飾、幾近枯燥乏味的生活。每到傍晚的下班時間，她便想起那空洞的房間，還有每天都在一樣的位置、毫無變化地等待她回去的床鋪、永遠靠在窗邊的老書桌、桌上無聊的墨水瓶等等，感到難以言喻的蕭索，對人生憂鬱極了。

這天亦是如此，到了一如往常的下班時間，一如往常的空虛感又席捲了她。而在這樣的情緒深處，卻有一股異於平時的奇妙預感如寒顫般令她毛骨悚然。浮現在她腦中的，不是平常那間無趣的房間，而是更糟糕的、隱藏著可厭陰鬱的、令人不快且害怕的空間。那種不舒服的壓迫感甚至強烈到讓她無論如何都不願意回到自己的家。然而最後她還是披上沉重的大衣，踏上了一如往常的歸途。

站在房門前，她直覺到裡頭顯然有什麼。是誰趁她不在的時候，何時、從何處潛入了這個房間？在這樣的想像謎團中，某個不明所以的預感帶著無庸置疑的確信，益發鮮明地浮現出來。「確實有什麼在裡面。絕對就在裡面。」她遲疑了。接著她鼓起勇氣，一鼓作氣打開房門。

只見房間裡空無一人。室內一片寂然，整潔一如往常，沒有絲毫不同的地方。只有一個迥異之處，那就是在房間正中央的地板上，坐著一隻陌生的黑貓。那隻黑貓睜著大眼，定定地瞅著夫人看，就像擺飾品般一動也不動，以永恆的靜止姿勢蹲坐在那裡。

夫人並沒有養貓。當然，那隻貓肯定是夫人不在的時候，從其他地方跑進來的。但，是從哪裡進來的？夫人出門前總是會再三檢查門鎖，以防萬一。當然她會鎖門，並將全部的窗戶關好上鎖。夫人有些疑神疑鬼地檢查了房間每一個角落，卻不見任何貓能夠侵入的空隙。這個房間沒有煙囪，也沒有通風口。不管檢查得再嚴密，都沒有貓能夠鑽進來的地方。

於是夫人猜想：一定是她不在的時候，有人——八成是闖空門的——進入這個房間，打開窗戶，貓就是在那時候溜進來的。然後那個人在房間裡不知道做了什麼事，再次將窗戶關回原狀，結果貓就這樣被關了起來。事實上，也只能做此推論了。

夫人絕對沒有精神方面的疾病，相反地，她是個充滿知性、愛好推理的人。但遭遇如此神祕怪事，夫人身為女性，仍不禁心生恐懼。光是想到自己不在的時候，有陌生人潛入住處，不知道做了什麼，就令她心煩意亂。

夫人感到一股不舒服的沉重壓迫，就宛如受噩夢驚擾時那樣。但她酷愛推理的天性，讓她無論如何都想找出這起怪奇事件的真正原因。如果真的有人趁她不在的時候打開窗戶，而貓是從窗外闖入的話，窗戶一定會留下撬開的痕跡，否則也應該留下一些指紋才對。夫人鉅細靡遺地檢查，可是窗戶沒有任何異狀，甚至沒有疑似指紋的印記。這些地方完全看不出遭人闖入的形跡。

隔天早上醒來時，她想到一個好主意。也就是在房間的每一個角落灑上薄薄的一層粉筆灰，而且是難以辨識顏色的粉筆灰。如果今天也像昨天那樣，出門的時候家裡出了什麼事，一定會留下腳印，成為鐵證。就算是那隻討厭的貓，也勢必會從進入的地方留下一串腳印。如此一來，一切都能真相大白。

夫人澈底執行這個計畫，確認布置周全後，穿上平時的大衣，懷著稍微平靜下來的心情出門了。然而當辦公室的柱鐘接近四點時，一如往常的那種不安預感，又一如往常地席捲而來。她就是強烈地感覺有人坐在自己的住處當中。那種感覺極明確，就像在眼前飛舞的小蟲一般，怎麼樣都揮之不去。而且更恐怖的是，這樣的預感總是會成真。果真，她不在的房間裡，今天也坐著那隻黑貓——以那雙寂靜得詭異的眼神，直勾勾地瞪著夫人。而且夫人的期盼澈底落空，房間裡沒有留下任何一丁點腳印。今早灑上的粉筆灰，在密閉房間裡沉重的空氣中堆積著，宛如黴菌。那些粉末甚至連一小顆都沒有移動過。顯而易見，不曾有任何人進過房間裡。

考慮過一切可能發生的奇異現象，並做出所能想到的一切推理後，夫人澈底困惑了。經過求證的事實是，沒有任何人進過這裡，連貓都絕對不可能從外面進來。可古怪的是，沒有留下任何腳印的貓，不就活生生坐在眼前的地上嗎？再也沒有比眼前有一隻貓更真確的事實了。而且除非發生魔法奇蹟，貓絕無道理完全不留下腳印，出現在這間完全密閉的房間裡。

夫人拋棄了理性。但隔天她仍然更加縝密地執行了相同的實驗，結果依舊；而且隔天、再隔天，陰森森的黑貓都同樣地坐在地板上。這隻古怪的動物總是在她開窗的同時，如同一道黑影般跳出外頭。

最後夫人想出了一道計畫。為了看清楚貓究竟是從哪裡進來的，她要躲在門後，一整天從鎖孔監視室內。隔天她請了假，就像平常那樣，鎖好全部的窗戶，搬出一把椅子，接著關上門，將椅子擺到鎖孔前，一秒鐘都不懈怠，全神貫注地盯著室內。從早上到下午，漫長的時間過去了。對她緊繃的注意力而言，這是一段極刻苦、也是漫長到難以忍受的時間，動輒便因為注意力散漫而神遊起來。她不時從胸口暗袋掏出懷錶，看著秒針移動。漫長的監看期間，房間裡什麼事都沒有發生。夫人又掏出錶來。指針即將走到四點五分，她一下緊張起來，就好像從假寐中驚醒的人。當她再次窺看鎖孔時，那隻黑貓已經一如往常地坐在那裡了——以一如往常文風不動的靜止姿勢，坐在一如往常的位置上。

除了超自然的神祕現象以外，已經無從解釋這個事實。唯一清楚的是，午後即將四點的前一刻，不知道從什麼地方、也不知道是怎麼冒出來的，總之會有一隻大黑貓出現在室內。夫人再也無法相信自身感官的認知了。她窮盡一切手段，進行了所能測試的一切實驗。夫人懷疑也許是自己的神經出了問題，其實她已經瘋了。她站在鏡前，想要觀察自己的瞳孔是否放大。

日復一日，這可厭又古怪的事實執拗地折磨著沃森夫人。她澈底變得歇斯底里，連白天在辦公室桌上都看見貓的幻影，或是覺得路上的行人全都變成了貓。這種時候，她會湧出一股難以克制、近乎瘋狂的憎恨衝動，想要抓住偽裝成紳士的貓怪尾巴，將牠摔在路上。

即使如此，她的理性總算是逐漸恢復。她想到可以邀請客人到家裡，透過第三者的眼睛，來證實這不可思議的現象。因此她邀請三名友人在貓總是出現的時間稍早前來家裡作客。其中兩名婦人從事相同的職業，另一名則是亡夫的好友，年紀相當大的老哲學家，與夫人一家亦交情深厚。

訪客加上主人，共四把扶手椅就在房間正中央圍成一個圓。這是她刻意安排的，如此一來，從任何一名客人的位置都可以清楚地看見黑貓。起初片刻之間，四人靜默無語，但談話很快便熱絡起來，眾人談笑風生，話題從漫無邊際的閒聊轉移到心靈學。老哲學家對這方面有極深的興趣，以最近某心靈學會上報告的莫名開朗的鬼魂軼事，把婦人們逗得樂不可支。但只有沃森夫人正經八百地提問：

「動物也有鬼魂嗎？比方說貓的鬼魂。」

眾人都笑了。他們認為「貓的鬼魂」這種說法實在太滑稽了。然而就在這時，黑貓就如同往常那樣出現在眾人的椅子前。牠是從沒有人知道的某扇窗戶，神不知鬼不覺地溜進來的，然後恍若無事地坐在平常的位置上。

身上。

「這個事實該如何解釋？」

夫人神經緊繃，指著地上的貓說。她想要將眾人的注意力引到這隻動物

人們看了一眼夫人指的位置，卻一下就別開了目光，開始聊起別的話

題，根本沒有人去注意那隻貓。眾人應該是不想對那平凡無奇的動物付出半

點興趣。因此夫人又說了：

「這隻貓是從哪裡來的？窗戶關著，而且我又沒有養貓。」

客人又笑了。因為他們覺得夫人的話聽起來就像毫無脈絡的突兀笑話。

客人很快又重拾先前的話頭，起勁地聊起來。

夫人感到不愉快的受辱。這些客人怎麼這麼無禮！他們顯然都看到貓

了，也知道她的問題所指為何。她很嚴肅地問所有人，然而她得到了怎樣的

反應？眾人都假惺惺地裝傻，故意忽略她的問題。「不管怎麼樣，」夫人在心

中盤算。「我都要把這些裝傻的人的目光引到那黑貓身上，讓他們只能盯著牠看，無法轉移視線。」

她出於預謀，讓咖啡杯掉到地上，然後裝作失手驚慌的模樣，撿拾散落在人們腳邊的碎片。她一邊擦拭濺到女客裙襬的黑漬，一邊誠懇地道歉。這些行為應該可以讓客人們不由得望向地面，發現他們腳邊的黑貓。儘管如此，人們卻快活地暢談著，彷彿完全不介意主人這不足掛齒的過失。每個人都刻意熱中於談話，盡力不去看主人失手狼狽的模樣。

沃森夫人煩躁到幾乎快要無法忍受了。她期待第二次能夠成功，執拗地故計重施，這次將湯匙拋到地上。閃亮亮的銀湯匙在地板上反彈，發出清亮的聲音。然而就連這聲響，也被人們如痴如醉的話題、以及女客們興奮的話聲給蓋過了。沒有人注意到這點小事，甚至看也不看。相反地，夫人更加神經質地躁動起來。她整個人歇斯底里，盛怒迫使她做出暴烈的突發舉動。她冷不防站了起來，狠命地使勁跺腳。那野蠻粗暴的聲響霎時震動了室內的空氣。

這突如其來的異常行為，終於引起了客人們的注意。眾人都嚇了一跳，看向夫人。不過那也只是短暫的一瞬間而已，他們接著又像原來那樣，專心地聊起各自的話題了。這時，沃森夫人的臉色已是一片鐵青。她再也無法忍受客人更多的視若無睹和無禮了。一股衝動如烈火般灼燒著她的全身。她無法克制強烈的衝動，想要抓住這些可惡傢伙的脖子，硬把他們推到地上的黑貓面前。

沃森夫人一腳踹開椅子，在本能的憎恨情緒催化下，冷不防揪住了一名女客的脖子。女客的細頸在夫人灼熱的右手中宛如垂死的天鵝般顫動著。夫人拽倒女客，殘忍地將她按在地板上，把她鼻頭的油皮都給挫下來了。

「看！」

夫人怒吼。

「那裡有一隻貓！」

她一次又一次地吼道。

「這樣還說你們沒看見？」

一時間，可怕的尖叫聲充斥了整個房間。女客發出宛如垂死的慘叫，恐懼地整個人貼在牆上，直挺挺地滑坐在地。女人幾乎都昏死過去了，只剩下老哲學家博士兀自對眼前這突如其來的離奇狀況手足無措，茫然坐視。沃森夫人充血的眼睛死死地瞪著地上的貓。那隻巨大而詭異的黑貓，從剛才就一動不動地坐在那裡，宛如音樂般沉靜。在心中烙下這種印象的黑貓身影，感覺將陰魂不散地糾纏她一輩子，無論如何都擺脫不了。「就是現在！」她想。「我非殺了牠不可！」

沃森夫人打開書桌抽屜，取出象牙握把鑲螺鈿的女用小型手槍。這把槍是她不久前買來準備除掉這隻邪惡的黑貓，現在終於等到機會，讓它派上用場了。

她扣住扳機，目不斜視地瞪著地上的貓。只要扣下扳機，這段漫長的日子以來折磨她的罪魁禍首，將會隨著硝煙一起從世上消失。她感受著這個事實，沉浸在安樂的平靜中。然後她瞄準黑貓，指頭用力一扣——

隨著轟然爆炸聲，硝煙彌漫整個室內。然而煙霧散去以後，黑貓依然坐在原本的位置，恍若未曾發生過任何事。牠睜著蜆貝般的黑色瞳眸，一如往常地注視著夫人。夫人再次舉起手槍，比剛才更近地、幾乎是貼在貓的頭上開槍了。然而煙霧散去以後，貓依然故我地坐在原地。那執拗的樣貌，令夫人再也無法承受，陷入瘋狂。她無論如何都非殺了這隻陰魂不散的黑貓、非把牠給抹殺不可。

「不是貓死，就是我死！」

夫人絕望地想。她在憎恨的狂亂驅使下，自暴自棄地胡亂開槍。三槍！四槍！五槍！六槍！當最後一顆子彈射出去的時候，她發現自己的太陽穴流下濕濕黏黏、絲線般的鮮紅液體。同時眼前發黑，彷彿牆壁全往自己倒塌過來。她發出裂帛的慘叫，在充斥著硝煙味且煙霧彌漫的房間裡，宛如熊熊燃

燒的柱子般頹然傾倒。她的嘴唇流下鮮血，蒼白的臉上覆蓋著被瘋狂抓散的頭髮。（完）

附記：本故事之主題，來自威廉・詹姆斯教授的心理學著作中所引用的真實事例之一。

愛撫

梶井基次郎

貓的耳朵真的很好玩。輕薄冰涼，宛如竹筍皮，表面布滿絨毛，內側卻光溜溜。外觀既堅硬又柔軟，是一種無法形容的特殊物質。我從小一看到貓耳就會手癢，很想拿「票剪」「啪」地一聲剪下去。這算是殘忍的幻想嗎？

不，這全是貓耳具備的神祕吸引力所致。曾有位生性嚴肅的人到家裡來作客，交談期間，他不住地擰捏爬上膝蓋的小貓耳朵，這一幕令我印象深刻。

這類疑問意外地陰魂不散。拿「票剪」剪貓耳朵這種類似兒戲的幻想，只要沒有毅然付諸實行，便會一直存活在我們慵懶的內在，甚至比外觀上的年齡更要久遠。一個早該懂事的大人，居然到現在仍熱中於思考如果就像三明治那樣，拿厚紙夾住貓耳朵剪下去，會發生什麼事？這像什麼話！然而最近因為一些意外，揭露出我這個幻想有著致命的誤會。

原本貓就像兔子一樣，即使被抓住耳朵拎起來，也不怎麼覺得痛。對於拉扯這動作，貓耳具備奇妙的構造。因為每隻貓的耳朵，都有一處彷彿被撕裂的痕跡，這破裂的部位又附有奇妙的補丁，不管對創造論還是進化論的信徒而言，都是極不可思議且滑稽的構造。一定就是這補丁，在耳朵被拉扯的時候形成了緩衝。因此對於被拉耳朵，貓是滿不在乎的。那麼對於壓迫又是如何？只是用手指捏住，不管下手再怎麼重，貓也不覺得痛。即使學剛才的客人那樣擰耳朵，貓也難得尖叫。貓耳朵由於這樣的特性，蒙上不死之身的嫌疑，並招來「票剪」的威脅，但某天我在與貓嬉戲的時候，終於張口咬了那耳朵。這就是我所說的發現。我才一口咬下，那沒趣的傢伙便立刻慘叫，當場摧毀了我長年來的幻想。原來咬耳朵最讓貓感覺疼痛。慘叫聲從最細微的聲音開始，咬得愈大力，叫得愈大聲，聽起來就有如crescendo（漸強音）流暢的木管樂器。

我長年來的幻想就此煙消霧散了。不過這種事似乎是沒完沒了的。這陣子，我又開始幻想起別的事情來了。

也就是將貓爪子全部剪掉的話，貓會怎麼樣？是不是會死掉？

貓想要像平常一樣爬樹——爬不上去；想要撲上人的褲管——抓不住；想要磨爪子——沒爪子。貓肯定會再三嘗試，每回嘗試，便再次認識到自己和以前不同了。貓會逐漸喪失自信，就連身在高處，都不由得害怕顫抖。因為牠已經失去了總是從「落下」當中自保的爪子。貓變成了東倒西歪行走的另一種動物，最後連走路都不會了。絕望！貓會處在無止境的恐怖噩夢當中，甚至失去進食的意圖，最後——終至死亡。

沒有爪子的貓！世上還有比這更無所憑依、更悲慘的生物嗎！就如同失去幻想的詩人，罹患早發性痴呆的天才！

這樣的幻想總是令我悲傷。由於這全然的悲傷，這樣的結論是否順理成章，對我甚至都不是問題了。不過，拔掉爪子的貓究竟會怎麼樣？即使眼睛被挖掉、鬍鬚被拔掉，貓一定也能活得好好的；不過那可是隱藏在柔軟腳趾的鞘中、如鉤子般彎曲、如匕首般尖銳的爪子啊！爪子就是這種動物的活力、智慧與靈魂，是這種動物的一切，我對此深信不疑。

某天我做了個奇妙的夢。

那裡是一個叫X的女人的閨房。這個女人平時養了隻可愛的貓，每回我去，X都會從懷裡把牠放下來，讓牠過來我這兒。但我對此感到厭煩，每次抱起那隻小貓，都會隱約嗅到一絲香水味。

夢中的女人坐在鏡前，正在化妝。我在看報紙什麼的，不時往她那兒瞄，卻忽然忍不住驚呼。因為她居然正在用貓手在臉上抹白粉！我一陣毛骨悚然。不過再定睛細看，我發現那是一種化妝工具，只是看起來像貓手罷了。不過因為它看起來太古怪了，我忍不住在她身後問：

「妳拿來抹臉的那個是什麼？」

「你說這個？」

女人微笑著回頭，將它拋了過來。拿起來一看，那果真是隻貓手。

「這到底是什麼？」

我問著，但沒看見平時總是在這裡的小貓、這前腳似乎是貓手等事實，已如電光般令我了然於心。

「你明明知道，這是穆爾的前腳呀。」

她回答得滿不在乎，然後說這陣子外國很流行，所以她也用穆爾的腳做了一個。是妳做的？我追問，內心為她的殘酷咋舌，她說是大學醫科的雜工幫忙做的。我聽說過醫科的雜工會把解剖完的屍體頭顱埋進土裡做成骷髏頭，私下賣給學生，因此覺得厭惡極了。何必去拜託那種人？同時我再次為女人在這方面的沒神經與殘酷感到憎恨不已。不過她說外國很流行，我覺得好像也曾在婦女雜誌還是報上讀到類似的報導——

貓手化妝工具！我抓來貓的前腳，兀自怪笑著，撫摸著上頭的細毛。貓用來洗臉的前腳側面，布滿著如地毯般密聚的短毛，看起來確實可以拿來當成人的化妝工具。但這對我又有什麼用？我翻身仰躺，把貓高舉到臉上，抓起牠的兩隻前腳，讓那柔軟的腳掌分別按在我的兩邊眼皮上。貓宜人的重量、溫暖的腳掌。不屬於這個世界的無比安寧，深深地沁入我疲憊的眼球裡。

小貓啊！拜託你，暫時可別亂踩喲。因為你動不動就愛伸爪子。

透明貓

海野十三

崖下道路

青二正走在熟悉的崖下道路。

崖上是一排豪華的屋舍，也有不少紅屋頂的洋樓。

崖壁對邊，雜草叢生的矮堤向下傾斜，另一頭有焦黑的枕木搭建的圍欄，裡面是火車軌道。

青二幾乎每天來回這條路，送晚飯便當給在廣播電臺工作的父親，因此經過這條路的時間都是傍晚。

這天青二也將便當送到廣播電臺的後門櫃檯，擔任警衛的父親給了他一枝鉛筆作為獎勵，他將筆收進口袋裡，折回崖下的路。

四下已被暮色籠罩。

時序才剛入春，這天又是個陰天，西方天際烏雲滾滾，太陽馬上就要下山了。

青二用口哨吹著喜歡的歌，一首接著一首快樂地往前走。

這時路邊傳來一聲貓叫：「喵……」

青二最愛貓了。直到不久前，青二家也養了一隻叫咪咪的貓，卻遭到附近的狗群圍攻，被淒慘地咬死。當時青二哭得可慘了。自從咪咪遇害以後，青二家就再也沒有養貓。

「喵……」貓又在路邊叫了一聲。是崖下的草叢傳來的。

青二停止吹口哨，走近貓叫聲傳來的方向。

但是他沒有看到貓。他以為貓跑掉了，卻又聽見一聲：「喵……」

青二嚇了一跳。因為那聲音聽起來非常近，幾乎就在他伸向草叢的鼻頭前方。

然而根本沒有貓的影子。

青二大驚失色，往後退去。怎麼會有這麼古怪的事！他確實聽見貓叫了，卻沒有看見貓。

「喵……」貓再次鳴叫。青二一個哆嗦。因為他想起了一件事。

（難道是死掉咪咪的鬼魂？）

他聽說過很多死人鬼魂出沒的故事，但死貓靈魂作怪的事，倒沒怎麼聽說過。不過，眼前這情形也只能這麼解釋了。

「喂，是咪咪嗎？」

青二大起膽子，聲音顫抖地問。

「喵……」聲音從同樣的位置傳來。

「啊！」青二驚叫，當場腿軟了。因為他看見草叢上飄浮著兩顆閃亮的東西。

那東西實在詭異極了，閃閃發亮，整齊地並排在一起，大小約是四、五顆彈珠汽水的彈珠合起來那樣大，整體呈淡藍色，正中央是黃色的，更中心的部分是黑的。

（看起來像眼珠，不過到底是什麼呢？）

瞬間，又傳來一聲撒嬌似的：「喵……」。聲音聽起來就是從這兩顆圓珠子旁發出來的。

儘管害怕，青二卻情不自禁要確定這兩顆光球究竟是什麼。因此他鼓起勇氣，踏進草叢，伸出雙手準備一把抓住這兩顆球——

「哇！」青二急忙縮手，當場跳了起來。因為他還沒抓到圓球，手掌就先碰到了毛絨絨的東西。

青二真想就此罷手，逃之夭夭，但他生性就是個好奇心旺盛的孩子，還是堅持下來了。他再次把手伸向那兩顆球。

「啊——」青二感覺到奇妙的觸感。他摸到了毛絨絨的物體，形狀就像動物的頭。

神祕的發現

「摸起來像貓的頭，可是眼前根本沒有東西呀？」青二覺得實在太可怕了。

不過這時的他已大致鎮定下來，不像剛才那樣驚恐了。他再次摸了摸毛絨絨的動物頭，提心吊膽地順著一路摸下去。

這實在太驚人了！底下真的有疑似貓的身體，也有尾巴，正在甩動著。腳底確實摸得出貓足和爪子的形狀，然而這些全都看不見。

青二更感到驚奇了，但還是更進一步檢查。

然後他有了新的發現：隱形貓的兩隻前腳被細橡皮帶給捆了起來。橡皮帶隱沒在草叢中，那位置除非極仔細地查看，否則是看不見的。

比起恐懼，青二現在是滿心的好奇。

青二抱起了那隻疑似貓的可疑動物。重量確實和貓差不多。青二牢牢地抱著牠，回到路上，然後往自家走去。

這隻動物很乖巧，已經不再叫了。牠鑽進青二的懷裡，蜷曲著身體。青二感覺到動物的體溫。

動物似乎入睡了。

「這到底是什麼玩意兒？要說是貓的鬼魂，又有些不太對……」

青二猜不出這古怪的動物究竟是什麼。

很快地，青二回到家了。

他招呼一聲「我回來了」，立刻跑上二樓。他原本考慮要告訴母親他在路上撿到疑似貓的奇妙動物，但立刻否定了這個念頭。如果母親知道他撿了這種怪東西回家，不曉得會受到多大的驚嚇，一定會叫他趕快拿去丟掉。青二鼓起這麼大的勇氣才把牠撿回來，如果丟掉，豈不是太沒意思了？青二這麼想著，抱著這奇妙的動物，直接回到二樓自己的房間。

回到房間後，青二反而有些不知所措。該把這奇妙的動物安頓在哪裡才好？如果就這樣放著，一定會跑掉。他不想要牠跑掉。

關在櫥櫃裡嗎？不，貓能輕易撕破紙門，關在櫥櫃裡也無法安心。

「青二，你在做什麼？快點下來吃飯！」

母親在樓梯下朝二樓喊道。

「來了，馬上去！」

該如何是好？青二為難極了。

但窮則變，變則通，青二打開書桌抽屜找繩子。有條用來綁東西的紅藍相間繩子。青二用那繩子將奇妙動物的前腳和後腳各別捆綁在一起。

如此一來，這奇妙的動物不管是前腳還是後腳都被捆住，沒辦法走路。

既然無法走路，就無法離開這個房間。很好，這下就沒問題了——青二綁好動物，將牠輕輕放在桌上，下樓去了。

他一如往常，和母親一起圍著餐桌用晚飯。母親問他廣播電臺有沒有新鮮事，青二說老樣子，爸爸給了他一枝鉛筆。

用完晚飯了。

青二趁著母親去廚房的空檔，悄悄地將盤子上吃剩的魚骨頭藏到掌心，匆匆離席跑上二樓。

「青二，等一下，吃一顆蘋果再走……」

母親招呼，但青二丟下一句「我現在不想吃，晚點再吃」，上樓去了。他立刻跑到書桌前。

桌上有他熟悉的紅藍相間繩索和橡皮帶。疑似眼珠子的兩顆可怕圓球也還在那裡。

「喵！嗚、嗚、嗚。」

「你想要吃這個對吧？來，吃吧。」

青二把魚骨頭放在發亮的眼珠子底下，結果傳來了「喀吱喀吱」的嚼骨頭聲響。骨頭碎裂，稍微從桌面浮了起來，然後化成一條線，不斷地往上升，接著往旁邊滑去。

「天哪，好噁心！」

青二一陣毛骨悚然。似乎是魚骨頭在動物的嘴巴裡被嚼碎，然後經過食道流向胃袋，這些全都透明可見。

「嗯，這確實是隻隱形貓，是透明貓。怎麼會有這麼神祕的動物？」

青二雖然覺得有趣，但也漸漸覺得這隻隱形貓十分寶貴，將牠放在膝上，不停地撫摸。

沒有多久，兩顆眼珠子一動也不動了。透明貓似乎在青二的膝上睡著了。不過青二覺得奇怪的是，剛撿的時候清晰可見的眼珠子，這時卻顯得有些模糊。

可怕的變化

隔天，青二像平常一樣五點就醒了。

父親還在睡。父親深夜才從廣播電臺回來，因此早上都習慣睡到很晚。所以這天早上青二也和母親一起用早餐。起居間在廚房隔壁，採光並不怎麼好。

「青二，你怎麼了？臉色有點奇怪，是不是不舒服？」

母親擔心地問。

青二並未感到任何不適，所以如實回答說他很好。

「可是青二，你看起來怪怪的，你的臉怎麼有些模模糊糊的，看不太清楚呢。」

即使聽到這話，青二也不當一回事：

「媽怎麼說這麼好笑的話？媽的眼睛才有問題吧？是不是視力變模糊了？」

「咦？是嗎？還是因為快春天燥熱上火了？」

青二的母親早上還有許多事要忙，這件事就此不了了之。青二走上二樓。

桌上擺了一個小座墊，正中央凹陷下去。橡皮帶和紅藍相間的繩索依然綁著。那隻奇妙的動物確實就躺在這張座墊上。

但神祕的是，牠的兩顆眼珠子卻不見蹤影。

「牠的眼珠子跑去哪裡了呢？」

青二走到旁邊伸手摸了摸動物。確實有貓頭的觸感。

然而眼珠子卻不見蹤影。難不成眼珠子不見了？青二一手按著動物的頭，另一手摸索眼珠，結果——

「嘎！」動物發出淒厲的吼叫聲，從座墊跳了起來。

這也難怪，突然被人用手挖眼珠，任誰都會嚇一大跳。

青二的手一陣刺痛。仔細一看，居然流血了。是被動物抓了一把。

但是這個時候，嚴重的驚嚇讓青二的心臟猛地一跳，彷彿停了一拍。因為他居然看不清楚自己的手。手變得朦朧模糊。

「怎麼回事？」青二想起母親剛才的話：「青二，你怎麼了？你的臉看起來模模糊糊的。」

青二走到柱子上的鏡子前，照自己的臉。

「天哪！」

他遭遇了極大的震撼。鏡中的青二，臉竟然是半透明的。制服照得一清二楚，然而嘴唇以上卻是模糊不清。

青二懷疑自己也因為上火而視力模糊，揉了幾次眼睛，再定睛細看鏡中的自己。

然而這些努力全是白費。不管重看多少次，他的臉依舊模糊，舉起雙手，果然也無法清晰地倒映在鏡中。

「天哪！」青二當場蹲了下去，悲傷不已。

青二實在不明白怎麼會發生這種事。自己竟發生了與那隻隱形貓一模一樣的神祕現象。

「往後我會怎麼樣？我是不是也會像那隻貓，整個身體都消失不見？啊，要是變成那樣，我也不用活了，因為大家都會把我當成怪物……」

青二面臨了重大的抉擇。是要繼續留在家裡，被當成怪物，還是逃到不會被任何人發現的地方？

青二經過再三思考，決定默默離家。

他將少許換洗衣物裝進籃子裡，另一手提著裝了透明貓的包袱，瞞著母親，走出了家門。

不過他不忍心讓母親傷心，臨走前在桌上留下一封信：

「我臨時要去旅行，請不要擔心我。我一定會回來，到時候再和爸媽分享旅途上的見聞。」

奇妙的福神

青二漫無目的地信步前行。

他的頭上戴著滑雪帽，將帽簷拉得極低，好遮住臉部，然後戴上騎摩托車的人常戴的那種擋風眼鏡，鏡片是黑色的。

脖子上纏了一圈又一圈的圍巾，免得露出來。雙手也戴上了手套。

這樣的打扮走在路上，別人應該頂多只會覺得「這個人還真怕冷」，而不會特別起疑。

走著走著，青二不停地尋思：世上怎麼會有如此離奇的事？而它又怎麼會發生在自己身上？

沒多久，青二走累了，在小公園的長椅坐下來。

肚子餓了，他打開包巾，吃了裡面的麵包，喝了裝在瓶子裡的水，稍微解除了飢渴。

但青二又難過起來。

「下一餐起就得自己買，自己一個人吃了。雖然身上帶了點錢，但一、兩天就會用完。接下來我該如何是好？」

青二考慮是不是該回家。

「不行不行，現在的我就像個怪物，如果回家，只會讓母親傷心欲絕。不管再怎麼想家，我都不能回去。」

灼熱的淚水不停地滑下青二的臉頰，滴落膝上。

「咦，小朋友，你在難過些什麼？」忽然有人向青二攀談。

青二驚訝地抬頭，看見一名青年站在前面。青年穿著雙排釦西裝，略長的頭髮一絲不苟地分成兩邊，看上去就像個紳士。不過雖說服裝體面斯文，那張臉卻像鐵皮似地坑坑疤疤，四四方方的臉上布滿了痘子。

青年臉上堆滿可親的笑容，俯視著青二：

「男孩子怎麼可以哭呢？我剛從外地戰場回來的時候，也難過得想哭，但轉念一想，哭了也無濟於事，接下來不管再怎麼苦，都笑呵呵地過日子。做人就該樂天知命。如果遇上困難，就要徹頭徹尾好好想它個三、四天，天下沒有任何事是想不到出路的。小朋友，你是無家可歸吧？」

青二本來想說「不是」，但現在他已經離家，所以的確是無家可歸，因此點了點頭。

「不出所料。」青年說，然後問：「還有，你沒錢吃飯對吧？」

青二依舊只能點頭。

「好，不必擔心，跟我來吧。你一個人，我還養得起。喏，走吧。」

青二不明白為什麼這名青年要對他這麼好，但他清楚現在除了投靠青年以外，別無方法，因此決定對他坦承重大的祕密。

不過，青二實在不敢說出自己也是一樣的，他只說了貓的事。

結果青年阿六眼睛閃閃發亮，興奮極了：

「咦？這豈不是太棒了嗎？沒想到能遇上這樣一棵搖錢樹。喂，這可是發財的好機會啊！一切都交給我辦吧！賺到的錢，咱們倆平分。」

阿六大為起勁。

「對了，先讓我拜見一下那隻本尊吧。」

於是青二讓阿六摸了裝貓的包袱。

「確實，裡面裝著像貓的東西。」

青二將包袱打開一點，讓阿六看裡面。

「咦？沒東西。不過從外頭摸上去，確實有東西……」

納悶的阿六這回將戴了手套的手伸進包袱裡。

「哎呀，太嚇人了，真的摸到像貓的身體。嗯，果然是透明貓，不是唬人的。啊，你看你，居然有一隻這麼棒的金雞母。好，這樣就可以辦個展覽，一人收十圓入場費，只要大力招攬觀眾，一天起碼會有兩千人來參觀，那麼二二二，一天就有兩萬圓的進帳了！」

青二驚訝極了，青年的算數怎麼這麼好！

「兩萬圓有點少呢，入場費就收二十圓好了，然後煽動觀眾……我想想，『懸賞十萬圓』好了。布招寫上『透明貓如假包換，若能證明此為詐騙者，當場致贈獎金十萬圓』。這樣一來，貪心的傢伙便會蜂擁而至，被十萬圓和神祕展覽物所吸引，人潮絡繹不絕。二十圓的入場費還算便宜呢。這樣一天至少也有個兩萬人來參觀吧。那麼二二四，就是四十萬圓。天哪，簡直太完美了！」

重金懸賞的展覽

這場展覽辦在阿六有門路的某個鬧區。

「現代世界的神祕現象，透明貓現身！」

「沒看過透明貓，不能誇口見識過世界的神祕現象！」

「C．H．普爾彭登肯博士曰：『透明貓萬年一現，珍稀絕倫。』」

「絕非造假，為活生生之透明貓。如有人能證明為騙局，當場致贈獎金十萬圓。透明貓普及研究協會總裁村越六磨敬啟」——阿六甚至捏造了煞有其事的名號，大大地張貼在會場門上。

結果這場展覽大獲成功。無數觀眾掏出二十圓購買入場券，人龍綿延不絕。

「由於大爆滿，暫時停止入場。請各位觀眾在等待期間，欣賞這裡的活捉透明貓大冒險圖。這邊是透明貓童叟無欺的照片。錯過這一場，就無法轉述給子子孫孫了。來喔！歡迎參觀！——啊，不不不，現在會場爆滿，暫時停止入場。」

阿六穿戴得隆重無比，不停在會場前煽動群眾的情緒。

會場內，青二穿著傳統藝人的服裝，遮住臉和手腳，站在裝飾得富麗堂皇宛如小宮殿的箱子前。箱子裡裝著透明貓，供前來參觀的客人一個個把手伸進箱上的洞穴撫摸。

貓正覺得睏倦，卻被許多人撫摸、拔毛、揉捏，情緒惡劣，在箱子裡瘋狂掙扎、哈氣、尖叫低吼。

這卻大受觀眾歡迎，還在等待摸貓的客人都伸頭看箱子，只聞其聲，卻不見其影，好奇萬分。

也有許多客人懷疑是魔術，摸遍整個箱子。這種人都被透明貓抓傷了手，或是指頭被咬個正著，驚駭咋舌地地縮回手。

第一天的門票收入多達四十五萬圓，超過阿六原先的預期。

「喏，一萬圓拿去，我也先拿個一萬，這就當做零花，今晚花掉吧。剩下的四十三萬先存在銀行。每天進帳這麼可觀，現金帶在身上，可能會被搶。等到存款來到一千萬圓，就在這裡蓋一棟豪華的常設館，以魔術秀、馬戲團和透明貓這三樣噱頭來吸引客人，把來參觀的遊客荷包裡的錢全數撈光。」

阿六充滿雄心壯志。這天晚上，他帶著青二到附近一處隱密的餐館，點了極昂貴的大餐，還叫了酒，大肆慶祝。

三杯黃湯下肚，阿六突然糾纏起青二來。

「哎呀哎呀，小朋友，你怎麼還戴著帽子？可別看輕了我，忘了禮數。喏，帽子摘掉。你把你眼前這位六董——不對，阿六大爺當成什麼了？」

旁邊的陪酒女侍都勸阻阿六，阿六最後卻撲向青二，一把摘掉了他的帽子。

「啊啊——！」「哇——！」現場頓時陷入混亂。

阿六當場酒醒，女人們尖叫著逃出包廂。

為什麼呢？因為青二的帽子底下空空如也。只見無頭的青二在那裡做出為難的動作。

阿六嚇軟了腿，嘴巴一張一合，連一句話都說不出來。

這天晚上的混亂最後總算是平息了，阿六和青二離開了那裡。阿六還塞了五萬圓給那家店作為封口費。

兩人投宿旅館。

阿六在床上向青二打商量。既然青二也變成透明的，比起展覽透明貓，「透明人現身」可以吸引到更多的人，因此阿六建議青二乾脆下定決心，拿自己當展覽品。

「不要，我才不要。」

「你太傻了，這是千載難逢的賺錢良機。不管怎麼看，這都是可以撈到上億圓的好生意，怎麼能平白放過呢？喏，你就來當透明人吧。」

阿六千懇萬求，只差沒下跪了，但青二就是不肯說好。

這天沒有談出結果，到了隔天早上。青二下床伸了個懶腰，往隔壁床一看，嚇了一大跳。

怎麼會有這種事？疑似阿六的人就睡在那張床上，但臉和手腳都變得模糊，只剩一對大大的眼珠子在發亮。阿六似乎也逐漸變成透明人了。

當天全市陷入了大混亂。

各地都有人變得愈來愈模糊、身體逐漸消失不見，引發軒然大波。

後來花了整整五天，才查出這些人都在前一天參觀了「透明貓」展覽，摸了那隻神祕的貓。

這段期間，全市的透明人愈來愈多。因為變成透明的人只要碰到別人的身體，那個人的身體也會漸漸變得模糊，終至透明。恐慌蔓延各地。但事發第七天，這場風波突然落幕了。

因為一位自稱製造了第一隻「透明貓」的羽根木博士，出面向有關當局說明。

博士的研究是如何讓肉體變得透明？他的原理是讓肉體擁有和空氣一樣的反射率和折射率。博士發現有一種黴菌具有極強大的這種作用，便在自己的研究室裡培養此種黴菌，移植到各種昆蟲、大鼠和貓身上。

那隻貓也是分別綁住前後腳，才剛植入黴菌而已，但後來後腳的繩索鬆脫，貓逃出研究室，墜落崖下，結果青二經過發現，把貓撿回家。

青二摸了貓，一樣變透明了。而在展覽會場摸了這隻貓的人，也發生了相同的現象。於是博士開發出消滅這種黴菌的藥物，只要接受注射，就可以讓透明人恢復原狀。

青二現在可以開開心心地回家了。阿六也洗心革面，遵守諾言，把一半的收入分給了青二。青二的母親看到他回家，歡天喜地。剩下的問題便是羽根木博士的研究，據說博士正在思考要將這曠古未見的研究結果應用在什麼地方才好。

作者簡歷

內田百閒（一八八九年－一九七一年）

岡山縣人，別號「百鬼園」。為富裕的釀酒行獨子。舊制第六高等學校畢業後，進入東京帝國大學德文系就讀。拜入夏目漱石門下，與芥川龍之介、鈴木三重吉等人結為好友。

以《百鬼園隨筆》奠定其獨特的文學世界觀，成為不斷再刷的暢銷作品。

作品有《百鬼園俳句帖》、隨筆《御馳走帖》、《諾拉啊》（ノラや）、小說《阿房列車》等。

夏目漱石（一八六七年－一九一六年）

出生於東京都。本名夏目金之助。曾擔任教職，後來留學英國。回國後在東京帝國大學執教，發表〈我是貓〉（吾輩は猫である）。辭去教職後，進入朝日新聞社，連載〈虞美人草〉、〈三四郎〉等作品。

晚年宿疾的胃潰瘍惡化。作品有《心》（こころ）、《少爺》（坊ちゃん）、《其後》（それから）等。

谷崎潤一郎（一八八六年－一九六五年）

東京都人。東京帝國大學國文系中輟。與小山內薰等人創刊第二次《新思潮》，於其上發表〈誕生〉、〈刺青〉，其耽美的文風對當時正值自然主義隆盛巔峰的文壇造成極大的衝擊。隔年在《三田文學》雜誌受到永井荷風讚不絕口，儘管初出茅廬，仍登上文壇。作品有《刺青》、《痴人之愛》、《卍》、《食蓼蟲》（蓼喰う虫）、《細雪》、《鑰匙》（鍵）、《瘋癲老人日記》等。

德富蘆花（一八六八年—一九二七年）

出生於熊本縣。本名德富健次郎。同志社大學中輟。受基督教影響，為托爾斯泰傾倒。

在其兄德富蘇峰設立的民友社任職，同時執筆寫作。小說〈不如歸〉成為暢銷作品，奠定其作家地位。後來由於思想差異等原因，與其兄決裂。

其他作品有隨筆《自然與人生》等。

佐藤春夫（一八九二年—一九六四年）

出生於和歌山縣。詩人，小說家。慶應義塾大學文學系中輟。年輕時便在雜誌《SUBARU》（スバル）、《三田文學》發表詩作。一九一九年發表小說〈田園的憂鬱〉（田園の憂鬱），以復古而抒情的文風受到矚目。

佐藤並以廣收門生聞名，太宰治、井伏鱒二、壇一雄等作家皆為其門人。

作品有詩集《殉情詩集》、小說《都會的憂鬱》（都会の憂鬱）等。

梅崎春生（一九一五年－一九六五年）

出生於福岡縣。東京帝國大學國文系畢業。在學時發表〈風宴〉。戰後，以根據從軍體驗創作的〈櫻島〉、〈太陽盡頭〉（日の果て）等，奠定新人作家地位。以〈破屋春秋〉（ボロ屋の春秋）得到直木獎、〈沙漏〉（砂時計）得到新潮社文學獎、〈瘋狂的風箏〉得到藝術選獎文部大臣獎。五十歲時因肝硬化猝逝。

其他有〈幻化〉等作品。

近松秋江（一八七六年—一九四四年）

出生於岡山縣。早稻田大學畢業。本名德田浩司。擔任雜誌《中學世界》編輯，以〈寄給別妻的信〉（別れたる妻に送る手紙）出道。其後發表續作〈執著〉、〈疑惑〉，步上私小說作家之路。由於其赤裸裸的文風，亦被視為情痴小說、牢騷小說的創始人。

其他作品有〈別妻〉（別れた妻）、〈黑髮〉等。

芥川龍之介（一八九二年—一九二七年）

出生於東京都。東京帝國大學畢業。在學期間開始創作活動，一九一六年發表的〈鼻〉獲得夏目漱石盛讚。畢業後，在海軍機關學校擔任特約教師。辭去教職後，進入大阪每日新聞社，專注寫作。

三十五歲時服毒自殺身亡。

其他作品有〈羅生門〉、〈齒輪〉（歯車）、〈河童〉等。

葉山嘉樹（一八九四年—一九四五年）

出生於福岡縣的武士家庭。本名嘉重。早稻田大學預科退學後，做過各種行業，如見習水手、基層船員等。一九二三年因參加勞工運動入獄，在監獄中完成〈妓女〉（淫売婦）、〈生活在海上的人們〉（海に生くる人々），確立其普羅文學作家的地位。其他作品有〈水泥桶中的信〉（セメント樽の中の手紙）、〈太陽神〉（今日様）等。

小泉八雲（一八五〇年—一九〇四年）

出生於希臘。原名派屈克·拉夫卡迪奧·赫恩（Patrick Lafcadio Hearn）。任職於美國出版社時，曾以特派員身分赴日，後來定居日本。四十五歲時成為東京帝國大學的英國文學講師。

一八九六年取得日本國籍，改名「小泉八雲」。作品有收錄〈無耳芳

一〉、〈貉〉、〈雪女〉等許多怪談故事的《怪談》（kwaidan），以及《不為人知的日本面容》（知られざる日本の面影／*Glimpses of Unfamiliar Japan*）等。

太宰治（一九〇九年—一九四八年）

出生於青森縣大富豪家庭。二十一歲時與銀座咖啡館女侍殉情未遂。其後師事井伏鱒二，立志成為作家。二十六歲時，〈逆行〉在第一屆芥川賞名列第二，隔年出版第一本創作集《晚年》。戰後一躍成為流行作家，卻在三十九歲時與山崎富榮跳入玉川上水殉情離世。

作品有《人間失格》、《維榮之妻》（ヴィヨンの妻）等。

宮澤賢治（一八九六年—一九三三年）

出生於岩手縣。日蓮宗教徒。以榜首考上盛岡高等農林學校（現岩手大學農學系）。畢業後就職於郡立稗貫農學校（現花卷農業高等學校）。此時出版詩集《春與修羅》（春と修羅）、童話集《要求特別多的餐廳》（注文の多い料理店）等。

作品有童話《銀河鐵道之夜》（銀河鉄道の夜）、詩集《口語詩稿》等。

萩原朔太郎（一八八六年—一九四二年）

出生於群馬縣。詩人。慶應義塾大學預科中輟。在北原白秋門下從事詩詞創作，一九一六年與室生犀星創刊《感情》。隔年出版處女詩集《吠月》（月に吠える）。被稱為「日本近代詩之父」，詩作細膩表現不安、孤獨、憂愁等情感。一九二三年出版《青貓》、《夢蝶》（蝶を夢む）。以口語自由詩開拓出新的世界，獲得矚目。

梶井基次郎（一九〇一年—一九三二年）

出生於大阪府。十四歲時，弟弟死於肺結核。十九歲時，自己也感染肺結核，遷至伊豆湯之島療養。從這時候開始，過著自暴自棄的生活。東京帝國大學英文系中輟。三十一歲時死於肺結核。

作品多為私小說類，死後逐漸獲得肯定。代表作有《檸檬》、《有城樓的小鎮》（城のある町にて）等。

海野十三（一八九七年—一九四九年）

出生於德島縣，為醫生之子。任職於通信省電氣試驗所期間，於工作之餘從事寫作，以一九二八年在《新青年》發表的〈電浴池怪死事件〉（電気風呂の怪死事件）出道成為小說家。留下數百篇推理、懸疑、科幻小說作品，為日本科幻小說先驅之一。

一九四九年，因肺結核逝世，享年五十二歲。

作品有《蠅男》、《火星兵團》、《地球竊案》（地球盜難）、《十八點的音樂浴》（十八時の音楽浴）等。

出處一覽

輯一

內田百閒《諾拉啊》（ノラや）（筑摩書房）
夏目漱石《貓的文學館II》（猫の文学館II）（筑摩書房）
谷崎潤一郎《貓的文學館II》（筑摩書房）
德富蘆花《貓的文學館II》（筑摩書房）
佐藤春夫《貓的文學館II》（筑摩書房）
梅崎春生《貓的文學館I》（猫の文学館I）（筑摩書房）
近松秋江《貓的文學館II》（筑摩書房）
芥川龍之介《大石內藏之助的一天・枯野抄 等十三篇》（或日の大石内

蔵之介・枯野抄 他十二篇）（岩波書店）
葉山嘉樹《貓的文學館Ⅰ》（筑摩書房）

輯二

小泉八雲《小泉八雲全集 第六卷》（第一書房）
太宰治《貓的文學館Ⅰ》（筑摩書房）
宮澤賢治《喵文集》（にゃんそろじー）（新潮社）
萩原朔太郎《萩原朔太郎》（筑摩書房）
梶井基次郎《檸檬》（新潮社）
海野十三《海野十三全集第13卷 少年偵探長》（海野十三全集第13卷 少年探偵長）（三一書房）

國家圖書館出版品預行編目(CIP)資料

貓小說集：日本文豪筆下的浮世貓態 / 內田百閒、夏目漱石等著 ; 王華懋譯. -- 初版. -- 新北市 : 木馬文化出版 : 遠足文化發行, 2021.03
256面 ; 14.8 × 21 公分

ISBN 978-986-359-756-8（平裝）

861.57　　108021623

貓小說集：日本文豪筆下的浮世貓態

作　　者　內田百閒、夏目漱石、谷崎潤一郎、宮澤賢治、梶井基次郎、萩原朔太郎、太宰治、小泉八雲等
譯　　者　王華懋
社　　長　陳蕙慧
副 社 長　陳瀅如
總 編 輯　戴偉傑
責任編輯　戴偉傑
行銷企畫　陳雅雯、尹子麟、洪啟軒
封面設計　朱　疋
出　　版　木馬文化事業股份有限公司（讀書共和國出版集團）
發　　行　遠足文化事業股份有限公司
地　　址　231新北市新店區民權路108之4號8樓
電　　話　02-2218-1417　　傳　　真　02-2218-0727
Email　service@bookrep.com.tw
郵撥帳號　19588272 木馬文化事業股份有限公司
客服專線　0800221029
法律顧問　華洋法律事務所　蘇文生律師
印　　刷　前進彩藝有限公司
初　　版　2021年3月
初版三刷　2023年10月
定　　價　新臺幣350元
ISBN 978-986-359-756-8